那年夏天，我拨去的电话

僕が電話をかけていた場所

[日]三秋缒 著
[日]usi 绘 邱钟仁 译

那年夏天，我拨去的电话

目录

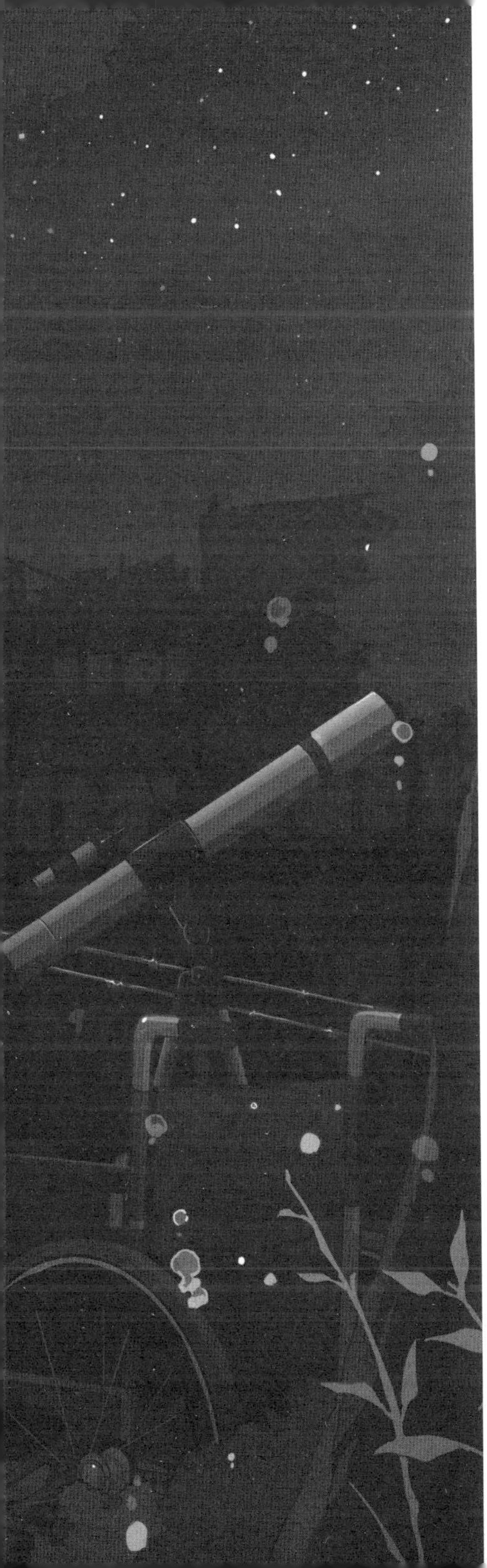

那年夏天，我拨去的电话

僕が電話をかけていた場所

第七章　夏季大三角，抑或是大四角

从前几天起，雨就一直下个不停，直到今天下午总算放晴了。我小心翼翼地走在到处都积了水的路上，骑着脚踏车的小朋友们接二连三地从后方超越我。有个小朋友伸出手大声喊叫，原来那个方向有一道大大的彩虹。我停下来看了几秒钟，准备继续往前走的时候，小朋友们已经不见踪影。

我心想，也许这些小朋友去找彩虹的尽头了。

有这样一个民间传说:在彩虹的尽头藏有装满黄金的坛子。我不太喜欢这个说法，不相信美丽的事物底下会埋着美丽的东西。我是那种认为樱花树下会埋着尸体的人。

纯粹美丽的事物会让我担心这个世界上会不会有人为了偿还这种美而吃亏。我心想，如果彩虹的根源是墓地就好了。我希望那鲜艳的七彩光芒，是由几十、上百个骨灰坛带来的。如果是那样，也许我能比较天真地接受彩虹的美。

我来到小镇的图书馆，再次见到那个寻找幽灵的女生。我拿着一百日元的硬币，站在自动售货机前选饮料。这时，一个撑着阳伞的女生站在另一台售货机前，映入我的眼帘。她和我一样拿着硬币，用仿佛面临人生重大抉择的表情看着自动售货机。注意到我的视线后，她抬起阳伞朝我看来。

“啊，大哥。”她睁大眼睛，然后微微一鞠躬，“午安，没想到会在这种地方碰到你。”

“原来你不是整天都在找幽灵啊。”

“也不是啦。”她把夹在腋下的包包举给我看，“我今天借的两本书都和幽灵有关。”

“了不起。”我表示赞赏。

“你一定觉得我像个傻瓜吧？”她撇了撇嘴，“没关系，因为我就是个傻瓜，而且学习成绩也不怎么好。”

“我没有嘲笑你的意思，是真的觉得了不起，你不要这么自卑。”

她默不作声地盯了我好一会儿，忽然表情变得柔和，指了指人行道上一张对着图书馆的长椅。

“如果你不介意，要不要聊一会儿再走？”

从自动售货机买了饮料后，我们并肩坐在长椅上，慢慢喝着饮料。图书馆后面的树林里传来刺耳的蝉鸣声。

“对了，你认为幽灵是什么样的东西？”我问，“每个人对幽灵应该都有不同的想法吧。有人说幽灵会待在人的身边保佑人，也有人说幽灵会心怀怨恨地诅咒杀人，还有人说幽灵不会干涉活人，就只是存在于这世间罢了，所以我想听听你的想法。”

“我不是说过吗？我并非真心相信有幽灵。UFO也好UMA也罢，只要能找到，什么都行。”她一脸不在乎，这么说道，“只是……你不觉得美渚町这个地方，有特别多和幽灵相关的故事吗？所以我决定去寻找幽灵。”

“那我换个问法吧，你希望幽灵是什么样的东西？”

她喝了一口饮料，抬头看向天空。湿润的嘴唇被阳光照得闪闪发亮。

“我想想……要我说，我希望幽灵是那种受了很多苦、怨恨活人、哀叹自己境遇的东西。”

“为什么？”

“如果是这样，不就会觉得还是活着稍微好一点吗？”她仍然保持着仰望天空的姿势，“如果幽灵都是一脸安详地照看着活人，我应该会很羡慕，想加入他们吧。”

“原来如此，很有道理。”

我的赞同似乎让她很高兴，她晃了晃长椅下的双脚。

“说不定等我年纪大了，看法就完全相反了。”

“为了承认逐渐逼近的死？”

“没错。”她在阳伞下露出微笑，“大哥，你真的有认真理解我这种怪人说的话啊。”

“我只是想自然地和你聊天。我们能聊得来，说明你不是怪人，或者我和你一样也是怪人。”

“是后者，肯定是。”

她嘻嘻笑了几声。

“说到这个，”我说，“有一件事我忘了说。我的年纪没有大到让你叫大哥的程度，我和你是同年的。”

她盯着我的脸仔细打量。

“我还以为你比我大两三岁呢。”

她视线飘忽不定，小声说道。

“……可是，我可以当作你的年纪比我大吗？”

“我是没关系，可是为什么？”

她从我身上移开视线。

“一想到我在和同龄男生说话，就会紧张得连早上吃的东西都要吐出来了。”

我忍不住扑哧一声笑了，说道：“好吧，就当作我年纪比你大吧。”

“好，这样帮了我很大的忙。”她闭上眼睛叹了一口气，然后重新打起精神，开朗地说，“大哥，我也想听听你的事情。”

“我的事情？”

“只有我在说话也太不公平了，你也说一些吧。”

我思索了一会儿。我很不擅长说自己的事情，毕竟我是以“根本没人会关心我”为前提活着的，所以在“自己的事情”这一块，库存比常人要少得多。

我没找到什么像样的话题，所以决定把眼下最关心的事情摊开来说。

“我最近常常在深夜去看星星。”

“哎呀，好浪漫呢，没想到大哥竟然有这种兴趣。”

“不，这不是我的兴趣，我只是陪人看星星。”

“哼，好像很开心嘛。”她像在闹别扭似的，“反正大哥一定是和女生一起去看星星吧？”

“有女生，也有男生。”

“你果然有很多朋友。”她一下子泄了气，“我觉得被背叛了。”

“我先说明，包括你在内，我的朋友一共只有五人。”我苦笑着说，“我们这群人是临时凑到一起的，和所有成员相识的只有我一个，每次都要忙着从中协调。”

她目不转睛地盯着我。

“你看起来就不适合做这种事，一定很累吧？”

“是啊，累得要命。”

她听了立刻笑逐颜开，说道：“谁叫你非要碰自己不习惯的事呢，活该。”

“一点也不错。”我表示同意。

回到家后我把广播转到音乐节目，然后一直沉浸在从图书馆借来的书里。窗户已经全部打开了，同时还开了电风扇，我仍然热得汗流浃背，上衣留下了斑斑汗渍。吃完晚餐，泡完澡后，我立马上床睡觉。午夜一点，枕边的闹钟响了，我从床上弹起，迅速做好准备，走出家门。

明明是深夜，一路上却到处有蝉在叫。也许是路灯的灯光，加上不管多晚都不会彻底消退的暑气，让蝉以为现在是白天吧。又或许是一群在白天没有机会鸣叫的蝉，到了夜晚才努力地想把落后的部分追回来。最近经常出现这样的现象：一到酷热的巅峰时段，蝉鸣就会一齐停止。说来也是理所当然，就连蝉也不太能适应极端的酷热吧。

坦白说，今年夏天热得不正常，新闻连日播报最高气温的刷新，大人们也异口同声地说这是目前为止最热的夏天。再加上梅雨季节的降雨量不到往年的一半，全国各地都出现了干旱现象，部分地区还实行了夜间停水的措施。也许是中暑昏倒的人变多了，最近常常听见救护车的鸣笛声。

我不停地走着，时而用手挥开不知道在哪里沾到的蜘蛛网，不知不觉间就来到了初鹿野唯的家。和我想的一样，荻上千草早已在门旁等候，看到我就对我微微挥手。千草平常外出时都会规规矩矩地穿着校服，也许是想到大半夜穿着校服在外面游荡反而更可疑，她今天穿的是细条纹的衬衫连衣裙。

“你今天穿便服啊？”

听到我指出这一点，千草捏着连衣裙的裙摆，露出为难的表情问：“会不会很奇怪？”

“不奇怪，你这样穿很好看。”

“是吗？好看吗？”

千草左右轻轻晃动了一下，笑了笑。

我和千草针对连日的酷暑聊了一会儿，就看到后门悄无声息地打开，初鹿野从门后出现了。她先看了看我，然后将视线移到千草脸上。“晚安，初鹿野同学。”千草微笑着打招呼，初鹿野则沉默地微微鞠躬还礼。

三人聚齐后，我们一起去了鳟川旅馆。打开通往屋顶的门，便看到早一步抵达的桧原裕也正在组装天文望远镜。他看到我们来了，只说了一声“哦”算是打过招呼，然后对初鹿野招招手说：“初鹿野，快来帮忙。”

初鹿野站到望远镜旁，桧原便开始下令：“来，观景窗的调整方法和我上次教的一样，你今天可以一个人调整好吧？”

初鹿野轻轻地点了点头。

我和千草站在一小段距离之外的地方，望着一言不发地调整天文望远镜的初鹿野和看着初鹿野的桧原。千草频频偷瞄我的侧脸，露出百感交集的表情。

“你说为什么会变成这种情形呢？”

没错，怎么就变成这种情形了？

我不禁回想起整件事开始的那一天。

*

时间回到我和初鹿野通电话的那一天，也就是初鹿野所在的无人车站的公共电话和我家的电话同时响起铃声的那一天。

我好不容易得到和初鹿野好好说上几句话的机会，便将我这几年一直深藏的心意都告诉了她。尽管在听见她的回答前通话就断了，但我认为我们之间的误会，应该有了一定程度的改善。毕竟我因此得知初鹿野并不是真的讨厌我，也让初鹿野知道我并不是可怜她。光是这样就已是前进了一大步。

这天晚上，深夜两点整，我来到初鹿野家。

不到五分钟，初鹿野就从后门出来了。看到我，她停下了脚步。

我轻轻举起右手朝她打招呼。她欲言又止地看着我，但神情中并没有以前那种敌意和厌恶。换个角度看，更像是单纯在掩饰自己的难为情。

“我们今天也一起去看星星吧。”我说，“和有流星的那晚一样。”

初鹿野吃惊地微微缩着肩膀，没说“好”也没说“不行”，只是默默地迈开脚步。直到这时，我才第一次正式地陪在她身边前往废墟，而不是尾随身后。

初鹿野坐在屋顶的椅子上仰望天空，我若无其事地问她：

“你这么喜欢看星星，为何不用天文望远镜？”

“我想用啊。”她坦率地回答，“可是，那很贵。”

“原来如此。”我点点头，片刻后忽然又记起一件事，对她说道，“说起来，我有个朋友有一架还挺贵的天文望远镜呢。”

初鹿野果然上钩了：“……真的？”

“是啊，要不要我去借？”

她没说话，但我想既然没有当场否定，她多半是答应了。沉默就是她最大的抵抗。

“好，包在我身上，我会在明晚前准备好的。”

我并未指望能得到什么回应，但目送两颗流星划过天际后，初鹿野以几乎听不见的声音说：“……谢谢你。”

“不客气。”我夸张地鞠了一躬，“没想到你会对我道谢。等我回家，就把刚刚那句话写进日记里。”

“是吗？”

初鹿野看似不怎么高兴地别开脸。

翌日早晨，我揉着惺忪的睡眼，在大热天底下朝桧原家走去。

店铺屋檐下整排盆栽里的花都枯萎得惨不忍睹，只有爬在窗格上的牵牛花很有活力地开出蓝色与紫色的花朵。米黄色的砂浆墙似乎多年未重新粉刷过，到处可以看到发黑与龟裂的地方。店面入口处挂着写有“居酒屋”的大灯笼，门外的白色霓虹灯招牌上则用深蓝色的字写着店名“潮骚”。装设在二楼飘窗下方的空调室外机发出喀啦喀啦的怪声。

现在还不到早上十点，蝉鸣声还不是很响。我拉开咿呀作响的门，绕到住宅那一边的玄关，按响门铃。数了三十秒后，重新按一次门铃，但还是没有人回应。

住宅后门的方向传来熟悉的引擎声。我走过去，就看到桧原在乱糟糟的车库里维修一辆轻型摩托车。他应该是在换机油吧，只见摩托车旁随手放着机油加油罐、套筒扳手、截短的塑料瓶等工具。

“要不要我帮忙？”我朝桧原问道。

桧原闻声回头，发现是我后瞪大眼睛说道:“哦，是深町啊。你竟然会找上门来，还真是稀奇……啊，你该不会是来为三天前的事报仇吧？”

“这个主意也不坏啊。”我捡起放在仓库角落的活动扳手，用扳手的头部敲了敲手掌，“不过我今天来是有别的事。桧原，我记得你有一台天文望远镜吧？”

“没错，怎么了？”

“我想向你借用一下。”

他用手臂擦掉额头上的汗。

“你没头没脑地在说什么？也不想想你之前是怎么嘲笑我的兴趣，怎么现在对天文观测有兴趣啦？”

“我不记得自己嘲笑过你。还有，对天文观测有兴趣的不是我，而是我的一个朋友，她喜欢看星星。”

桧原半张着嘴，仔细打量了我一会儿。

“不好意思，我不想借。那是我的宝贝，我不想让什么都不懂的外行人碰。”

桧原说完就继续忙自己的事了。他关掉发热的引擎，戴上塑胶手套，取下排油螺栓，用塑料瓶去接滴下来的机油，等旧机油滴完后，再扭紧螺栓，打开机油的盖子，灌入新的机油，然后盖上盖子，发动引擎，暂时放置一段时间。初中的时候我曾多次帮他打下手，所有的步骤我都非常熟悉。

“无论如何我都得借到。我会给你相应的谢礼，前几天那件事也一笔勾销。而且使用的时候我们会非常小心，绝对不会弄坏。”

“你知道怎么用吗？”

“我马上去学。”

“学好了再来。”

“我急着要用。拜托了，我是认真的。”

“这样求人，真不像是你会做的事。”桧原似乎颇感意外，“该不会是和女人有关吧？”

“随你怎么想。”我含糊其词地答道。

“那我更不能借你。我不希望我的宝贝望远镜被拿去吸引女人的注意。”

我微微弓起背，说道：“一个以前很照顾我的女生现在非常沮丧。她平常会一直闷在房间里，唯有在半夜看星星的时候才会出门。她好像只有在仰望星空的时候，心情会变得平静。我希望能助她一臂之力。”

桧原关掉摩托车引擎，打开机油盖，用抹布擦拭机油尺，然后重新插进油箱里，确认里头的机油量。确定已经补充足够的机油后，他扭紧盖子，脱掉塑胶手套。

桧原把摩托车挪到车库后头停好，搬来一张竖在墙边的折叠式桌子，在我面前架好。他在这张满是刮痕的木桌前单膝跪下，然后卷起袖子露出肩膀。

“你听好，规则很简单。”桧原说，“我们现在来比腕力。你要挑战几次都行，只要你赢过我一次，我就把天文望远镜借给你。”

“比腕力？”我问，“我哪里有胜算？”

“要把天文望远镜借出去的人是我，规则当然要对我有利，不然还有什么意义？”

“这样对我太不利了。我从初中毕业典礼结束到上个月中旬一直在住院，全身上下都生锈啦。”

“那你就死心吧，我不打算改变条件。”

我心不甘情不愿地在桌前单膝跪地，特意依序看了看桧原的肩膀、上臂与下臂。不愧是喜欢健身的人，每个部位都锻炼得非常结实。他就是那种明明不是运动社团的人，却能在体能测验的好几个项目中拿到全年级顶尖成绩的家伙。和他比腕力，我不可能会赢。

但我不能从开始就放弃。我将手肘撑在桌上，握住桧原的手，用左手抓住桌子边缘。

“准备好了吗？”桧原问。我点点头。

桧原一说“开始”，我就铆足力气灌注在右手上，但桧原纹丝不动。这不是夸张，真的是连一毫米也没动，就好像他的手被螺丝固定在桌上一样。桧原露出从容的笑容，手腕轻轻一使力，我的手腕立刻向后弯，一口气被压到最底。“第一胜。”他数着。我整只右手发麻，全身大汗淋漓。“我们开始第二场吧。”桧原说。

比完第十场，我的右手已经不受控制地发着抖，指尖更是使不上力。手肘内侧痛得像是发炎了，肩膀以下的部位都在剧烈发烫。

等手臂的酸麻微微退去，我又学不乖地把手肘放到桌上。桧原对自己的胜利已有十足的把握，比到一半就一脸不在乎的表情找我说话。

“你是在哪里认识那个女生的？”

“哪个女生？”我抬起头问。从额头流下来的汗水沿着脸颊流到脖子上。

“就是三天前的晚上，差点被牵扯进你和乃木山他们打斗的那个女生啊。”

我试图看准他说话的瞬间偷袭，但他早已看穿我会这么做，我加重手上力道的瞬间，就被更强的力道推了回来。我啐了一声，回答他的问题：“你是指荻上啊，她只是我的同班同学，坐在我旁边。”

“只是同班同学，你却和她一起在深夜去看星星？”

“星星？”我歪了歪头，“啊，你该不会误以为我是和荻上去看星星吧？她和这次的事情没有关系，想看星星的是另一个女生……”

我说到这里，桧原手上的力道忽然减弱。虽然不知道出了什么事，但我未放过这一瞬间，把剩下的所有力气都灌注下去，扳倒他的手。

接下来好一阵子，桧原都一脸不可思议地看着自己那比到一半忽然瘫软的手。

“……约定就是约定。”桧原抓了抓脖子后面，“没办法。虽然我很不情愿，但还是会借你望远镜。”

“谢谢。”我擦了擦脸上的汗，边用左手按摩整只右手边道谢。

“只是，我有个条件。如果你不答应，这件事就当作没提过。”

“只要不是太离谱的要求，我都答应。”我说，“是什么条件？”

“用望远镜的时候，一定要让我同行。”

“……等一下，这让我很为难。”我慌忙摇头，“我会好好学习怎么使用天文望远镜，拜托你不要跟来。”

“不行，只有这件事我不能退让。”

“有你这样的家伙在，她会怕的。”

“能和你要好的女生，应该和我也相处得来吧？”

“我和她是老朋友了，你不一样。”

我们一直僵持到中午，但桧原无论如何都不肯让步。我只好借用桧原家的电话，打给初鹿野家。

接电话的是初鹿野的姐姐——绫姐。

“可以麻烦你请唯同学来听电话吗？只要说是有关望远镜的事，她应该就会从房间里出来。”

“望远镜？”绫姐不明就里地反问，“算了，我搞不清楚状况，既然是小阳这么说，我就帮你说说看。你等一下。”

不到一分钟，初鹿野便接起电话：“……喂，是我。”

“我从好消息说起。”我说，“经过一番交涉后，对方总算肯借我望远镜……然后是坏消息，望远镜的主人是一个男生，他说除非有他同行，不然就不准我们用望远镜。我觉得他人不坏，但如果你不喜欢，我就拒绝他。你想怎么做？”

“只要他肯借望远镜，要怎样都可以。”初鹿野的回答很简洁。

“真的没关系吗？”以防万一，我又问了一次，“那里对你来说，不是一个很特别的地方吗？被外人知道，你不会觉得抗拒吗？”

“我没什么感觉。况且那里已经被阳介同学知道了。”

“……这么说也没错。”

初鹿野远比我想象中的要好说话，这让我觉得有些疑惑，我又问了一个临时想到的提议。

“要不要我带另一个女生去？和两个男生在一起，你一定不太自在吧？”

初鹿野用不置可否的沉默回应我。

“你在参叶初中是不是有一个叫荻上千草的同学？”我问。

“也许吧。”初鹿野回答。

“我想带她一起去，你介意吗？”

又是一段很长的停顿之后，初鹿野说：“随便。”

“好，等一下我就去邀请荻上。今晚两点你等我去接你。就这样。”

最后，初鹿野小声地说：“……谢谢。”

“不客气。”我说完就挂断了电话。

“就这么说定了。”桧原看准我讲完电话的时机，这么对我说，“要挑什么地方看星星？”

“你还记得鳟川旅馆吧？她一直在那里的屋顶看星星。”

“啊，就是有‘红色房间’的那个废墟？我们初中时常跑去那里玩。”

桧原怀念地点点头。

“可是，为什么要特地跑去那么危险的地方？”

“初鹿野似乎很中意那里。”

“什么跟什么？这女的真奇怪。”他歪了歪头，“算了，没关系。只要在深夜两点多待在鳟川旅馆的屋顶就行了吧？”

“对，麻烦你了。”

“嗯，毕竟我们约好了。”他说。

我和桧原道别后，就从最近的公共电话亭打电话给千草。腕力比赛让我的右手使不上劲，我只好用左手小心翼翼地按着一个个键。

“喂？”听筒里传来千草的声音。

“你现在方便讲电话吗？”

“深町同学？是深町同学吧？”千草的声音突然兴奋起来，“我当然方便，请问有什么事情？”

“我又有一件事想请你帮忙。”

“帮忙吗……一定是和初鹿野同学有关的事吧？”

“没错，就是初鹿野的事。”我觉得硬要隐瞒只会适得其反，所以坦白说明状况，“我打算今晚和初鹿野一起去看星星，但事情弄得有点复杂，有个姓桧原的男生也会跟来。可是，我觉得被两个以前是坏学生的男生包围，初鹿野多半会觉得很不自在。如果有像荻上这样的女生在场，也许可以缓和这种气氛，所以我想问问你愿不愿意一起来。”

“也就是说，我是你用来接近初鹿野同学的垫脚石？”

“你要这么理解我也无可奈何，可是我没有其他人可以拜托了。当然，如果你不喜欢，拒绝也没关系。”

千草深深地叹了一口气：“……也是啦，毕竟当初是我和你说，如果有任何我能帮忙的事，请尽管和我说。好吧，我会帮忙的。”

“谢谢你，我感激不尽。”

“竟然这样玩弄别人的感情，深町同学果然是天生的坏人呢。”千草用开玩笑的语气这么说，“可是啊，深町同学，有一件事要请你千万别忘记，我和你一样也是坏人哦。要是你太大意，小心我会把你从初鹿野同学的身边抢走。”

“我很清楚有这种危险，会小心的。”

“不行，请你大意。”千草说完，嘻嘻笑了几声，“那我们要怎么碰头？”

“凌晨两点多的时候，麻烦你在家门前等我，我会去接你。”

“知道了，我等着。”

“你有办法不被爸妈发现吗？”

“不用担心。因为无论是爸爸还是妈妈，应该做梦都想不到我会在深夜外出。”

我挂断后，前往镇上的图书馆借了有关天文望远镜的入门书籍，把整本书通读了一遍。起初的两个小时，我拼命想跟上文字，但看着这些初次见到的诸多天文学术语与各种接目镜款式的剖面图，我感受到一阵强烈睡意的侵袭，不知不觉间就落入梦乡。当我醒来时，窗外的天色已经有些暗了。我回到家和母亲吃完晚饭后，躺进被窝又看起书来。小睡片刻后起来，就到了正好该出门的时间。

让初鹿野与千草见面本是我最不安的事，实际上却比想象中要顺利得多。初鹿野试图躲到我的背后，千草则以自然的语气对她打招呼。

“好久不见，初鹿野同学。”

初鹿野嘴唇抿起，微微点头，感觉不像是心不甘情不愿。虽然她看起来有些紧张，但对千草的问候好好地做了回应。

“我万万没想到会通过这种方式和初鹿野同学接触，人与人之间的缘分还真是难以预料呢。”

仔细想想，在我住院的三个月里，千草和初鹿野是前后桌的关系，应该有很多机会可以接触。单就她们两人现在的互动来看，初鹿野对千草好像没有不好的印象，而千草似乎也不觉得初鹿野很难相处。尽管程度上有所差别，但她们基本都不是会和同学搞好关系的人，或许彼此有不少共鸣。

桧原为了组装天文望远镜提前一步去了废墟，所以离他和初鹿野的初次见面还有一点时间。根据他的说法，天文望远镜的镜头与反射镜不太容易适应夜晚冰冷的空气，必须在观测的一两个小时前先拿到户外，让镜头和镜片适应温度，否则视宁度（**注：望远镜显示图像的清晰度，取决于大气湍流的活动程度**）就容易产生紊乱。还有，寻星镜（**注：平行安装在大型望远镜上，用于搜索目标天体的小型辅助望远镜**）好像也是在天亮的时候更容易调整。桧原也很熟悉鳟川旅馆这个地方，让他一个人先过去应该不会有问题。

最令人担心的，就是她们两人会不会对桧原产生排斥。即使是初次见面，桧原也一样会说出失礼的话，或是帮对方取绰号。在惹人生气这回事上，他堪称天才。要保护初鹿野和千草不被桧原那种天真的恶意伤害，我必须想办法控制他。一抵达废墟，我就开始神经紧绷，准备应对他们三人的会面。当然，能什么事都没发生是再好不过了。

再加上带着对这座废墟还很陌生的千草，这天我特地用手电筒照亮地板，小心翼翼地在废墟中前进。抵达屋顶后，我关掉手电筒，朝将天文望远镜组装完毕后正在抽烟的桧原打招呼："不好意思，让你久等了。"

"哦，你们来啦。"桧原熄灭香烟，将烟蒂丢进空罐里，然后拿起放在脚下的手提灯，走过来照亮我们三个人的面孔。也许是怕眼睛不适应强光的缘故，手提灯的光调得像即将没电一样昏暗。

桧原先是打量着千草。几秒后，冷笑从他的表情中消失。他睁圆了双眼，一点一点地端详着千草，仿佛她的脸上写着什么宝贵的信息。

"我是桧原裕也。"他以不太寻常的拘谨态度伸出右手，"是深町初中时代最好的朋友。"

"我是荻上千草。"千草战战兢兢地握住桧原的手。我不奇怪她会怕，在她看来，桧原多半是"那天围住深町同学想痛殴他一顿的那些人的同伙"。

我在千草的耳边轻声说："不用那么害怕，他没那么坏。"

"没错，我没那么坏。"桧原将我的话复述了一遍，"就算坏，顶多和深町差不多。"

"是吗？那我就放心了。"

千草微微一笑，脸上的紧张尚未完全消退。

接着，桧原把提灯凑近初鹿野的脸。我吞了吞口水，在一旁看着。桧原毫不客气地凝视着初鹿野脸上的胎记。

"你的胎记好糟糕啊，简直和《东海道四谷怪谈》(**注：日本歌舞**

伎名剧，剧中女主角阿岩被骗而服食毒药，导致容貌半毁）里的女主角一样。”

要是桧原再多说一句冒失的话，我大概会下意识地揍他一拳，但是初鹿野抢在我握紧拳头之前——又或许是为了制止我——若无其事地回答：“没错，这块胎记很糟糕吧？”

“不折不扣的糟糕。”

桧原如此断言，转而凝视初鹿野没有胎记的那侧脸孔。

“刚觉得很糟糕，结果这脸蛋本身却精致得不得了，真让人搞不清楚你是美女还是丑女……算了，反正在我看来都没多少差别。”

桧原用右手摩挲着下巴这么说。提灯的光让初鹿野的眼睛微微眯起，但她并未因桧原的发言感到生气或受伤，看上去反而对他这种想到什么就说什么的个性抱有好感。也许对于极度自卑的人来说，像桧原这样心直口快的人反倒比较好相处。这么说来，这也是初中时我选择桧原作为搭档的原因之一。

千草把脸凑过来说：“桧原同学看上去挺有意思的。”

“是啊，先不论好坏。”

“而且他和深町同学有点像啊。”

“我和他像？”我忍不住反问。

“是啊，身高差不多，眼神也很像。而且，你们给人的感觉是一模一样的。”

“是吗……我不怎么开心啊。”

千草鼓励似的拍拍我的肩膀，说：“不用担心，还是深町同学比较帅。”

“那真是谢谢你了。”

总之，最令我不安的因素暂且消失了。看样子四个人的相处不至于水火不容。初鹿野对他们二人没什么不好的印象，千草应该也一样。

想到这里，我突然开始客观地思考自己，并从中得到一种新奇感——真没想到今天是我站在朋友之间协调，我这辈子是第一次扮演这种角色。本来应该是人群里最有威望的人扮演这个角色，现在却偏偏落在我的头上。

我们最先看见的是土星。桧原调整好望远镜之后，初鹿野、千草和我依序观看。

“要是视宁度再好一点，还能看见土星的环缝。”桧原说。

我回忆起之前看过的书的内容，心想他说的应该是卡西尼环缝。如果不把土星环当成一个很宽的环，而是有好几个窄环的集合体，那么构成主环的有三个环，分别叫作A环、B环和C环。而A环与B环之间的巨大缝隙，就叫作卡西尼环缝。

为了不妨碍正在用望远镜仔细观察的初鹿野，我们在几米外的地方坐下来小声谈话。

“说起来，我还没问过，桧原你进行天文观测的契机是什么？”

“契机吗？”桧原稍稍后仰，抬头看着星空，仿佛陷入思索似的沉吟道，“该怎么说呢？我是喜欢上望远镜之后才开始看星星的。”

“这话怎么说？”

“有人对照片本身不讲究，单纯喜欢相机的造型；有人对音质本身不讲究，只是喜欢真空管音响的外观；还有人对咖啡本身的味道不讲究，就喜欢磨咖啡豆或手冲咖啡。说白了就是这么一回事。我从以前开始就很向往带着天文望远镜到处跑，或是把它组装起来这种事。”

“可是，如果只是这样，应该持续不了多久吧？毕竟这个兴趣这么费事。”

“就是费事才好啊。等一下你从望远镜看到的画面，和我从望远镜看到的画面，虽然是一样的，但意义完全不同。这就和自己钓到的鱼吃起来格外美味是同样的道理。我付出了多少劳动，脑子就能帮我美化多少。这些行星、恒星本来就很美，再看到美化后的模样，又怎么可能不被俘获？”

“这可不是平常的桧原能说出的精彩意见啊。”我嘴上在说笑，但心中的佩服并非虚假，“不过我想听听你的看法……你觉得初鹿野为什么会喜欢星星？”

“初鹿野？啊，那个有胎记的女生吗？”桧原坐起上半身，望向初鹿野专注看着望远镜的背影，“一般来说，以她的情形，应该是先有黑暗，后来才有星星吧？”

“……原来如此。”

这个说法确实合理。胎记的出现让她喜欢上黑暗，为了在黑暗中找出有趣的事情，她最终与星星相遇。我认为有相当一部分是这么回事。不过初鹿野对星星产生兴趣的时期，远比她脸上长出胎记的时间要早，所以桧原所说的这个理由，多半只是促成“喜欢”的原因之一。

“当然，说到底‘喜欢’的理由全是事后安上去的。”桧原又补上几句话，“喜欢星星的人生下来就是会喜欢上星星，就这么简单。”

“有道理。”我表示赞同。

千草接在初鹿野后面看望远镜。“好棒。”她发出欢呼，“深町同学，深町同学，这好棒哦！”

在千草的催促下，我也站到望远镜前，凑过去看镜头。

一片漆黑之中朦胧浮现出一个球体，以及围绕这个球体的巨大光环。这极具特色的形状连幼儿园的孩子都知道是什么，但像这样透过望远镜的镜头看到真正的影像，反而会觉得这是一种性质恶劣的玩笑。这世上可以存在这种形状莫名其妙的东西吗？我因为从小接受过教育，知道这是土星的形状，但什么都不了解就发现这玩意儿的人，该会有多么惊讶。

我被土星的模样震慑住时，桧原在我的身后说：

“见到你这样看望远镜，我就想起修学旅行那天晚上的事。”

“……你的性格还是和以前一样糟糕啊。”我小声回答。

“你们在说什么？”千草果然对这个话题很感兴趣。

“没有，不是什么了不起的事。”桧原起劲地说了起来，“初三修学旅行的时候，我们入住的日式旅馆有个露天浴场。第三天夜晚，我们发现只要从房间探出身子用望远镜看，就可以看到连接女性室内浴场和露天浴场的楼梯。我们隔天就在当地弄来了望远镜，当天晚上便关掉房里的灯，大家轮流偷看。是不是啊，深町？”

“哦……原来深町同学也会做这种事啊。”

千草对我投来掺杂着轻蔑与揶揄的视线。

“我有什么办法？在那种状况下，只有我一个人说不看，反而会被人怀疑有鬼吧？”我辩解之后，对桧原做出反击，“说到这个我才想到，桧原从以前就有这种毛病，若是有他中意的女生在场，就会千方百计地捉弄我。”

“那是你误会了。”桧原立刻回答，“我只是喜欢捉弄深町而已。”

“你们的感情真好。”千草掩嘴微笑。

我和桧原一副“谁知道是怎样”的模样耸耸肩。接着，我们三人的目光转向初鹿野，她又黏着望远镜不放，怎么看都看不腻。

“她那么喜欢星星吗？”桧原用初鹿野听不见的音量对我问道。

“是啊。总之，她可以只为了看星星，每天晚上都跑来这里。”

“每天晚上？会不会另有目的啊？”

“不会有，我敢断定。”

“是吗？真是一个奇怪的女生。”

桧原死死盯着初鹿野的背影，仿佛想看穿些什么。

“喂，阿岩。”他叫了初鹿野一声，“土星也差不多该看腻了吧？”

初鹿野把眼睛从镜头上移开，面向桧原摇摇头说：“不腻。”

“是吗？可是我腻了，所以接下来我要你把望远镜对到月球表面上。你知道怎么用吗？”

“……大概知道。”

“好，那就交给你了，等你对准月球表面时再和我说一声。”

初鹿野用力点头，小心翼翼地开始调整天文望远镜。

“哦，她会用寻星镜，果然有一套。”桧原愉快地说道。

“你不是说天文望远镜是你的宝贝，不想被什么都不懂的外行人碰吗？”我问，“如今你竟然让第一次见面的女生碰。”

“不用担心，她不会弄坏。”桧原说得自信满满。

“我好歹认真学了，连星象图怎么看都学了。”

“你真用功。可是你的动机不纯，我不能相信你。”

看到初鹿野费了很长时间还没弄好，桧原忍不下去了。他拿起贴着玻璃纸的手电筒站起身，来到初鹿野身旁指挥她：“你真笨。要先用低倍率的目镜，等对完焦以后，再把倍率调高就行。”

“我又不知道目镜怎么换。”初鹿野不满地抱怨。

“问我不就好了？你是白痴啊？”

“……要怎么弄？”初鹿野战战兢兢地发问。

我和千草站在后面，旁观他们两人调整望远镜。

“有人懂自己喜欢的东西，这种感觉好棒。”千草喃喃说道。

“也对，我就没办法像那样彻底投入某一件事里。”我说，“或许是没有办法那么相信自己的兴趣吧。”

“我懂。一想到自己一定会在某个阶段腻了或者受挫，就忍不住有所保留吧。”

看着一副不耐烦的模样指挥初鹿野的桧原，以及不情愿但仍然乖乖听话的初鹿野，我忽然觉得胸口隐隐作痛。那是一种我以前不曾经历过的不可思议的感觉。在这个时候，我还无法意识到那是一种叫作“嫉妒”的情绪。正因为我对自卑的体验非常深刻，迄今为止从不对自己抱任何希望，也就不会特意将自己和别人进行比较，所以一直过着和嫉妒某个人这种情绪无缘的人生。因此，我才会迷茫该为这辈子第一次产生的情绪安上什么名字。

我隐约有种不祥的预感，觉得自己也许打开了一扇不可以打开的门。

而我的这种预感将在不远的未来应验。

“深町同学，你怎么了？”我突然的沉默让千草感到不安。

“没有，我只是觉得怪怪的。”

“就是说啊……感觉怪怪的。”

初鹿野回头瞥了我们一眼，随即又将视线转回到望远镜上。

凌晨四点，天空开始染上紫色。我们离开废墟，若无其事地向彼此道别，回到各自的家中。

但也不知道是什么样的机缘巧合——又或者该说是星星在穿针引线——后来我和初鹿野、千草、桧原，每天晚上都会不约而同地跑去废墟一起看星星。

最令我意外的是，明明没有人请他这么做，桧原仍然每天晚上在同一时间来到废墟屋顶，提前把望远镜组装好。当然，我猜这并不是出于他纯粹的善意，多半是用来和千草见面的借口。我不知道他有几分真心，但他对千草似乎颇有好感，有事没事就想从我这边问出和千草有关的消息（虽然我每次都避重就轻地带过了）。

至于千草每天晚上都会来废墟的原因，据她本人所说是为了防止我和初鹿野独处。有一次，我看准初鹿野和桧原都沉迷于望远镜的空当，询问千草为什么愿意每天晚上都来，结果她一脸不服气，瞪了我一眼后，用额头往我的肩膀上轻轻一撞。

“那还用说？当然是为了阻止深町同学和初鹿野同学两个人幽会啊。”千草说得脸不红气不喘，“你连这个都不懂？”

“……我从以前就一直想问，我到底有哪里好？”我问，“关于这点，我怎么想都想不通。”

“请你自己想，你这没心没肺的东西。”

千草说着，把脸别向一旁。

而最关键的初鹿野本人……根本不用别人拜托，她本来就会每天晚上来到废墟屋顶。我一直以为这样的她会默许我们三个碍事的人在这里，全是因为天文望远镜，但最近我的想法慢慢改变了。

搞不好，说不定，一个没弄好——

初鹿野的目的也许不是望远镜，而是桧原。

这个想法源于我们这种天文观测的日子持续好几天后发生的一件事。当时，我和千草一起站在后面看桧原与初鹿野组装天文望远镜。不知不觉间，初鹿野已经变得像是桧原的助手，会在他的指挥下更换镜头，调整寻星镜，比对星象图等，而且她做这些事情的时候，从没露出不高兴的神情。初鹿野看起来对这些工作很乐在其中，而桧原也把初鹿野当成一个喜欢天文的同好，信任她，本来不愿意让别人碰的望远镜都随她爱怎么用就怎么用。

桧原准备就绪，把站在后面等着的我们叫过去时，忽然从远方传来一阵汽车引擎声。桧原竖起食指要我们安静，闭上眼睛仔细辨别声音。

“在往我们这边靠近，”桧原啐了一声，“听引擎声就知道了，多半是平常聚集在山路吵闹的家伙们。也许他们是来搞试胆大会的。”

桧原说得没错，过了一会儿，汽车的引擎声在建筑物附近停止，能听见有人下车，关上车门。从说话的嗓音可以判断，应该是三四个二十几岁的男生，正朝我们这边走来。

“我们最好躲起来。”我说，“被那种家伙撞见，事情会很麻烦。”

“毕竟我们这边有两个女生。”桧原朝初鹿野和千草看了一眼，挠了挠头，“没办法。深町，你去找个地方把她们两个藏好，不管是躲在垃圾回收车里面还是焚化炉里面都行。我趁这个空当收拾好望远镜。”

“好，知道了。”我点点头，“初鹿野、荻上，跟我来。”

千草乖乖地跟在我身后，初鹿野却呆呆地站在原地，似乎在思索些什么。“初鹿野，快点。”我说着要去抓她的手，她却躲过我的手，跑到桧原身边，帮他拆解望远镜。

恐怕初鹿野是想到先把望远镜收好，再一起找躲藏的地方，这样效率会更高。她在情急之下判断出她不会妨碍桧原，反而可以帮他快点完成拆解，所以才会无视我跑去帮忙，这是非常自然的想法。

但明知如此，当初鹿野躲过我的手跑向桧原时，我仍然感受到一种无法言喻的不安，总觉得她的行动当中蕴含着某种比表面含义更深的意义。

最后，那些来试胆的家伙并未来到屋顶，只在一楼闲晃了大概三十分钟，打破几扇玻璃窗就回去了。我们等待他们离开，挤在屋顶小屋的后面，屏气凝神地一动不动。等车声渐渐消失，我们才松了一口气，站出来伸了伸懒腰。或许是因为刚摆脱紧张的情绪，我们的心情异常高昂，我、桧原和千草都莫名其妙地笑了，从初鹿野的表情中也能看出她比平时少了一些僵硬。

从这一天起，我开始小心留意初鹿野和桧原的互动，发现她在桧原面前会频繁露出各种在我面前绝对不会表露的神情。而我一旦开始在乎，就会接连发现初鹿野对桧原另眼相看的证据。

看样子初鹿野被桧原吸引住了。她对桧原的好感表现得十分明显，连我这种对旁人的心意相当迟钝的人都看得出来。只要在桧原面前，初鹿野的笑容就会明显增加，一旦离开桧原，她的表情就会毫不掩饰地黯淡下来。

初鹿野的行为越来越昭然若揭。在屋顶观测星星时，她开始缠着桧原不放。我不知道她这种行动是出于恋爱情愫，还是出于同样喜欢天文的同伴情谊，但至少她在听桧原讲解天文知识时，要比和我独处时开心得多。注意到这个事实时，我顿时感到眼前一黑。后来，每当我看到他们两人肩并肩亲热地交谈时，心悸就停不下来，感受到一种仿佛落入阴森海底的绝望。

我心想，这岂不是和安徒生的《人鱼公主》一样吗？我明明是想获得初鹿野的爱，才不惜赌上性命去除胎记，并试图把她从绝境中拉出来，却发现这项功劳被别的男生抢去。而人鱼公主想得到王子的爱，不惜拿命换得人类的模样，结果从绝境中救了王子的功劳却被另一个女人抢走。如此看来，我们的命运有多处重合。

但我不能责怪桧原。他没有主动去引诱初鹿野，只是对这个和他一样对星星有兴趣的女生抱有好感，亲切地响应她的要求而已。

在这段天文观测的日子里，我和桧原也渐渐找回初中时相处起来很舒服的那种关系。说来令人懊恼，但我就是很中意桧原这个男生。到头来，最了解我的人就是桧原，而最了解桧原的人就是我，要我恨他实在太难了。而且，把初鹿野和桧原这两个本来不可能有交集的人串联起来的不是别人，就是我。这是我自己播下的种子。

虽然我满心想抢回初鹿野，但看着初鹿野热心听桧原说话的模样，就觉得自己只是一个碍事的人。事到如今才硬要把他们分开，多半只会让初鹿野难过。我每天都去图书馆，想尽可能追上桧原的天文知识，但只靠这种临时抱佛脚的学习根本无济于事。我学得越多，反而越能深刻地体会到桧原的知识量有多么惊人。

不幸中的大幸是，桧原没有被初鹿野吸引，而是看上了千草。但我又觉得，把这个当成是一种幸运的自己实在太没出息了。要是千草喜欢桧原，我就好办了——当我发现内心深处有这样的愿望时，我羞耻得简直想找个洞钻进去。

屋顶上的四个人当中，就属我脑子里想的东西最阴险。我好不容易才得到平凡的外貌，心却丑陋得远非常人能比。以前我脸上还有胎记时，从没有出现过这种情形。自从我开始认为，也许连我这样的人也能得到一些东西的那一瞬间起，心中便产生了欲望。现在就是这种欲望扰乱了我的心。

我和千草并肩坐下，喝她准备的冰红茶。看着初鹿野和桧原隔着望远镜肩并肩的模样，我深深地叹了一口气。

“世事就是这么不尽如人意呢。”千草似乎察觉到我的心情而说出这句话。

“是啊，不尽如人意。”我梦呓般复述千草的话。

“一切都微妙地错过了，要是能来个机械神（**注：Deus ex machina，语出古希腊戏剧。意指在场面陷入僵局时，突然介入而解决一切难题的外力**）解决这一切就好了。”

“是啊，真希望他能帮忙转一下两个箭头的方向。”

“两个？”

千草对于桧原指向她的箭头毫无自觉，疑惑地歪了歪头。

“为什么事情会变成这样？”我自顾自地发着牢骚。

“……深町同学似乎不喜欢这样，但我很喜欢这种关系。”千草回答，“当然最重要的原因是能和深町同学在一起，但不仅仅是这样。怎么说呢，我们四个人在一起的时候，我就可以做我自己。”

我想了一会儿后说道：“是啊，虽然不想承认，但我对你的说法也有同感。”

“没错吧？”千草眯起眼睛，“虽然不知道会持续到什么时候，但我喜欢这样的相处时间。如果可以，我希望这种时间能持续得越久越好……当然，如果深町同学愿意选择我，那就另当别论了。”

每当千草这样对我表明心意，我的胸口就隐隐作痛。我无法承受她的心意固然是原因之一，但更重要的是，她喜欢上的并不是本来的我。从某种角度上来说，我等于是一直在欺骗她，这种罪恶感让我的胸口隐隐作痛。

“荻上。”

我再也忍不住，准备绕个圈子开口，又或者说是自白。

“如果你现在看到的都是假象，你会怎么做？假如我的脸丑得让人无法直视，你认为我们还能发展出像现在这样的关系吗？”

千草摸不着头脑似的歪了歪头。

“啊，你该不会是指胎记吧？”她满不在乎地说道，“如果只是那样就讨厌你，我从一开始就不会喜欢你啦。我反倒希望深町同学能变回以前有胎记的模样，这样我就不用应付那么多竞争对手。”

看到我震惊得说不出话，千草觉得好笑似的说：

“你以为我连这点事情都不知道吗？我先说明，我希望了解你这个愿望同你希望了解初鹿野同学的一样强烈。”

“……我由衷地厌烦自己那肤浅的想法了。”

我双手撑在地上，仰望着天空。

千草早已察觉，而我也隐约猜到，这样的时间不会持续太久，在不远的将来一定会出现破绽。

八月七日是农历初一。拿双筒望远镜朝夜空望去，可以观察到银河从织女星与牛郎星之间流过，当中散布着许多星团与星云。

八月十二日晚上，我们没带天文望远镜和双筒望远镜，爬到镇上最高的山丘上，躺在路上看英仙座流星雨，就是教导主任远藤提醒我们不要错过的那场流星雨。从一九九一年到一九九四年，由于流星雨的母天体斯威夫特·塔特尔彗星回归所造成的影响，英仙座流星雨的数量远超过往年的记录。在迎来流星雨高潮的十二日夜晚，更是可以观测到平均每小时五十颗以上的流星。我想，有些人也许一辈子都不会看到这么多流星吧。初鹿野露出天真的笑容看着夜空的模样，在我心中留下深刻的印象。我一直以为这是她心病逐渐痊愈的证明。

八月十三日下雨，我们睽违已久地度过了一个人的夜晚。

八月十四日下了比前一天更大的雨。

八月十五日，初鹿野悄悄地跳海了。

我们四个人这段短暂的交友关系，就这么宣告结束了。

第八章　最后一支舞，请留给我

电话是在八月十四日下午两点多响起的。那时，我在自己的房间里翻阅天文学的入门书，学习变光星的双星运动。外头下着大雨，雨点打在窗上，风吹动树木的声响不绝于耳。父母都出门工作了，家里只有我一个人。

我一听见电话铃声就丢下书本跑下楼，抓起话筒抵到耳朵上。

“喂？”

电话那头没有回应，只有一阵很长的沉默。我猜一定是初鹿野打来的，因为我怎么想都觉得除了她以外，没有人会做这种事。

“是初鹿野吗？”

我询问电话那头的人，但还是没有回应。

看来并不是上次那样，两边的电话都响起，接通了本来不可能接通的线路。这次的沉默充满了坚定，让我觉得对方十分肯定通话的对象就是我，却仍然保持了沉默。只不过那个人不是出于什么目的始终不说话，更像是在犹豫要不要说出某件事。

接着，电话冷不丁地挂断了。我放下手中的话筒，狐疑地心想到底是怎么回事。

此时我觉得雨声听起来格外清晰，才发现玄关的窗户没关，附近都积了水。我关上窗户，拿抹布擦干地板，然后又把整栋房子的窗户都检查了一遍。

回到自己的房间后，我针对刚才的电话再次思索了一番，忽然想到——

当时该说话的人也许是我。

她也许并不是故意不说话，而是在一心一意地等我开口。

我有种心神不宁的感觉，于是在衬衫外头披上一件防寒连帽外套，雨伞也不拿就跳上自行车前往初鹿野家。短短几分钟我就抵达了目的地，催促似的连按玄关的门铃。几秒后，绫姐出现了。

“……原来是小阳啊。”

她一副失魂落魄的样子，似乎应验了我的不祥预感。

“唯同学是不是出事了？”我问。

“对。”绫姐点头，“看样子你似乎知道些什么。先进来吧，我借给你毛巾。”

“请你在这里告诉我。”

绫姐正要转身进去，闻言转回来面向我，叹了一口气。

“唯失踪了。昨晚她和平常一样出门，结果到现在都没回来。当然，如果只是这样，我才不会担心，她离家一天以上的情形并不稀奇，晚回家也可能是因为下雨……只是，这次我有种不好的预感。”

我迟疑了一会儿，然后说：

“我刚才接到一通无声电话。虽然没有依据，但我想那多半是唯同学打来的。沉默持续了两分钟左右，然后电话就突然挂断了。”

“如果那是唯打来的，也就表示她目前还平安吧。”

绫姐松了一口气似的闭上眼睛。

“你说的不好的预感是指什么？”

“现在回想起来，唯昨晚有点怪怪的。”绫姐看着窗外的雨说，“昨晚，我在厨房碰巧撞见正要出门的唯。当时我饿了，正在翻找冰箱，她则准备从后门溜出家门。换作平常，就算撞见我，唯也只会别开脸，昨晚却不一样。她在厨房的入口停下脚步，直直地看着我，像在看什么稀奇东西似的眨了眨眼，但我装作不知道。大约过了十秒，唯总算不再看我，走向后门，但是她从我身旁经过的时候，对我深深一鞠躬。小阳，你应该可以理解这情形有多么反常吧？”

“当时唯同学什么都没说吗？”

“嗯，她什么都没说。”绫姐的表情突然黯淡下来，“虽然有可能是我想太多……但是以前，我的同班同学要自杀的时候，也是那样的感觉。”

“同班同学？”我反问。

“说来我和那个女生的交情很差，她看起来很讨厌我，我也不喜欢单方面被嫌弃，因而讨厌她。应该是在初中二年级的秋天吧，她突然不来学校了。之后过了大约一个月，她突然打电话给我，自顾自地讲了很多。我很想问她为什么不来学校，但她似乎不太希望我问，所以我就没有说出口。她在挂断电话前，一反常态地对我说：‘今天很感谢你。’然后就没有下文了。”

“没有下文？”

“她在挂断电话的几个小时后就自杀了。”绫姐的声调没有变化，“她被人发现在沿海的防风林里上吊，连一封遗书也没有留下。过了几天，我才察觉到，原来那通电话就是信号啊。那声‘感谢’

从某个角度上来看，就像是将死前的哀号。”

我更直白地挑明她的意思：“绫姐是认为，唯同学等一下就要去自杀，是吧？”

按通常的情况来思考，这并不合常理。最近初鹿野的状态看起来在不断好转。几天前一同观看英仙座流星雨时，她看上去非常开心。为什么她会在这个时间点自杀呢？

不对，也许不是这样！初鹿野会不会正是因为决定了要在这个时间点自杀，才显露出好转的迹象呢？是不是因为知道再过几天就要告别这个世界了，她才能那么天真烂漫地享受当下？

“我不知道。”绫姐摇摇头，“只是存在这个可能性。我报了警请警方寻找，但他们似乎没有认真对待。现在父母都出去找她了。”

“那么我们也去找唯同学吧？多一个人就多一分力量。”我对她提议，“我会联系我的朋友们。不好意思，可以借用一下电话吗？”

“电话你随便用。”她转身指了指走廊上的电话，“只是，不好意思，我不能陪你去找她。”

听绫姐这么说，我加重语气反驳：“现在不是无谓赌气的时候吧。我敢断定，要是就这么放着唯同学不管，万一出事了，你一定会后悔的。虽然不知道是在几天后还是几年后，总之，你一定会因为今天的决定而后悔。你没有自己想象中的那么恨你妹妹。”

“这种事情我当然知道！”绫姐也不认输，放粗着嗓子说，“我只是在等她打电话回来，所以不能离开这里。”

“你有什么依据可以确定她会打电话回家吗？”

“没有。可是，现在才去找她也没用。如果那孩子真心想寻短见，我们并没有办法可以阻止她。那孩子很聪明，不会出纰漏让人找到，也有可能早就自杀了……只是，如果她还在犹豫，不就有可能像打电话给你那样，也打电话回家里吗？这样一想，对我来说，最佳的选择就是留在家里等电话。”

我和绫姐互瞪了好一会儿。让我懊恼的是，她说的话也有道理。除非初鹿野想让我们找到她，不然我们现在才去找，非常有可能是白忙一场。我们能做的会不会只有等她的决心松动，抓准她的意志往我们这边动摇的那一瞬间？

但我已经错过那一瞬间了。要等她的心意再度摆荡过来，多半没什么希望。如此一来，我除了主动出击之外，别无他法。

我从绫姐身旁走过，站到电话前，先拨通了桧原家的号码。响了十声后，桧原的弟弟接起电话。我问桧原现在人在哪里，他回答出门去了。我问他知不知道桧原会去哪些地方，他只冷漠地回答“不知道”就挂断了电话。外头下着瓢泼大雨，桧原肯定不是去做观测天象的准备。这样一来，我对他的去向就完全没有头绪。

我接着打电话到千草家，她立刻接了电话。

“我没时间向你说明详情了。”我一开口就直奔主题，“初鹿野失踪了，我希望你能帮忙找人。”

“呃……你是深町同学，对吧？”

“没错。不好意思，下雨天还找你出来，麻烦你做好马上出门的准备。”

“初鹿野同学出了什么事吗？”

“不知道。可是初鹿野的姐姐说有不好的预感，我的看法和她一样。说实话，我在一个月前就已经目睹过初鹿野自杀未遂。她有可能是想再次自杀。”

我本以为只要解释到这里，千草就会二话不说地答应。

但事态并未如此发展。

千草沉默了，话筒另一头的时间仿佛就此静止。

“你怎么了？为什么不说话？”我问。

“深町同学，你听我说。”千草镇定地说，“我现在要说几句坏心情的话，请你不要讨厌我。”

“没有时间了，我现在没空闲聊……”

“我们就别管初鹿野同学了吧。”

起初，我以为自己听错了。不，应该说是我的大脑拒绝理解这句话。

因为我认识的千草不是会说这种话的女生。

“你刚刚说什么？”明知没有意义，我还是想确认一下。

千草没有回答我的问题，而是用死板的声音问：“人鱼公主发现王子快被其他女生抢走，面对这种情况，深町同学，你知道女巫为公主准备了什么样的补救措施吗？”

“……你到底在说什么？”

“就是用短刀杀了王子。只要用短刀刺在王子的胸口上，让他的血溅到自己身上，人鱼公主的双脚就会变回尾巴，就能再次作为人鱼活下去。”千草自问自答，还不让我插话，“在深町同学参加的赌局中，如果作为关键人物的初鹿野同学不在了，胜负会如何判定呢？深町同学的恋情能否开花结果，将变成永远也解不开的谜题，而赌局也就无法成立了。这样一来，深町同学八成能保住性命吧？”

“等一下！”我大声打断她的话，“为什么你会知道赌局的事？我应该没和任何人提过。”

我当然得不到回答。

“所幸初鹿野同学是自己期盼死亡，深町同学只要尊重她的意思就好，不必用短刀刺她。”她清了清嗓子，“深町同学，你一定以为初鹿野同学的绝望来源于脸上的胎记吧？”

“……难不成是和‘空白的四天’里发生的事情有关吗？”

“就是这样。”千草承认，“她想用自己的死赎清某种罪。”

“荻上，算我求你，听我说，”我恳求她，“虽然我非常想知道你说的这件事，包括你得知这些事的缘由在内，我有很多事情想问，但是我现在没有时间。说不定在我们讲电话的时候，初鹿野正一步步走向死亡。我一定要去找她。”

“是吗？”千草的口吻充满了遗憾，“那么你就这么做吧。我会在这里祈祷深町同学找不到初鹿野同学的。”

电话挂断了。我有多得数不清的疑问，但只能先保留这些疑问，离开初鹿野家。我首先赶往鳟川旅馆，翻遍废墟的每一个角落，没发现初鹿野的身影。接着，我去了神社公园、防风林、美渚一高、以前读的小学、茶川车站等所有我觉得她会有感情的地方。随着时间的流逝，风雨也在不断地变大，我全身湿得像掉进了游泳池一样，球鞋也沾满了泥巴，看不出原来的颜色。绫姐说得没错，若初鹿野真的想在不被任何人找到的情况下自杀，其他人根本不可能阻止她。

不对，如果我和初鹿野更加交心，也许现在会有办法找出她的去处。到头来，初鹿野心里想的事情，我连一半都没弄懂。

最后，我又回到了鳟川旅馆，还是找不到初鹿野。深夜两点，我再次拜访初鹿野家。这次我连门铃都不太敢按，只是轻轻敲了敲门，结果绫姐立刻跑了出来。她一看到我，就摇了摇头。

“她也没打电话回家吧？”

“嗯。”绫姐无力地点头，“你那边呢？”

“还没找到。我打算把所有觉得有可能的地方再找一遍。”

“够了，你也累了吧？”绫姐的语气像是在怜悯我，“你先休息一下，去浴室冲个热水澡吧。我把我爸的衣服借给你穿，你先把湿衣服换下来。”

“谢谢你。不过没关系，反正马上又会弄湿了。”

绫姐抓住我的肩膀说：“你起码休息三十分钟再走吧。小阳，你知道现在自己的脸色有多糟糕吗？简直像死人一样。”

“我生来就长这样，常有人这么说我。”

我挣开绫姐的双手，再次冲进雨中。

我一直搜寻到天亮，最终还是没能找到初鹿野。

和一群正要去做广播体操的小学生擦肩而过后，我回到家中。到家后我没有第一时间换掉湿衣服，而是给千草打电话。明知这个时间打电话很没常识，但我想知道她说了一半的那件事，而且我有一大堆问题想问。然而电话响了很久都没有人接电话。难道是全家人都还没起床吗？又或者是都已经出门了？

我死心地放下话筒，脱掉淋湿的衣服冲完澡后，泡了个长时间的热水澡。此时我的脑子已经一片空白。泡完澡后我换上睡衣，挖出电饭煲里剩下的冷饭，淋了一颗生鸡蛋吃完，然后花了很长时间仔细刷牙。做完这一切，我躺进被窝里。本以为在一颗心悬在半空中的状况下，自己根本不可能睡着，没想到刚躺下我就失去意识，像一摊烂泥一样睡了五个小时。

从窗帘缝隙间照进来的耀眼阳光唤醒了我。和昨天大不相同，今天是一个令人心旷神怡的大晴天。虽然头痛得像只睡了三个小时，但我还是从被窝里爬了起来，总觉得一切都是一场噩梦，但我明白这些都是已经发生的事实。我下楼给初鹿野家打电话，响了两声后绫姐就接起电话。

“我正想给你打电话。”我的来电让她吓了一跳。

“也就是说，事情有进展了？”

“嗯。”绫姐的声音疲惫到极点，“……暂且避开了最坏的结果。被找到的时候唯还活着。”

我松了一口气，瘫坐在地上。

但她的说法让我觉得事有蹊跷，就好像同时有好消息和坏消息，而她只是先把好消息对我说了而已。

“你的意思是，最坏的事态是避开了，可是，发生了不好的事情这点并没有改变，是吧？”

“就是这么回事。”绫姐承认，“我们不好的预感应验了，据说今天清晨，唯跳进了波涛汹涌的海里。”

我忍不住“啊”了一声。大海，这完全是一个盲点，我为什么没有去海边找呢？是因为初鹿野第一次自杀未遂留给我的印象太强烈，让我以为她下次也会选择上吊自杀吗？另外，我太熟悉这片大海，应该也是其中一个原因。

“她能得救真的只能说是奇迹。她好像是凑巧被潮水冲回到沙滩上。发现她的是一对早晨在海岸附近散步的老夫妇，听说他们立刻报了警，而且太太还持有救生员的资格证，在救护车抵达前帮忙做了相应的急救措施。唯刚刚恢复了意识，目前还处在严重错乱的状态中，但似乎可以开口说话，所以大脑应该没有受到太严重的创伤……只是，她暂时不能会客，连家人都不能见，小阳就更难了。”

我屏着呼吸听绫姐说话，已经连该有什么样的心情都搞不清楚了。我是应该为初鹿野的平安获救感到高兴呢，还是该为她自杀未遂感到难过？又或者该感谢这不幸中的万幸？

“唯同学接下来会怎么样？”

“刚才爸妈也商量过这件事了，说是等唯出院后，把她放在祖母家疗养。她多半会在那里过上一段与外界隔绝的日子。”

“我明白了……这样对她来说也许是最好的。”

绫姐安慰我说：“小阳，你已经做得很好了。无论怎么被唯这个以前的朋友拒绝，你都不放弃，但又不会蛮横地硬来，而是保持适当的距离，很有耐心地说服她，还和她每天晚上一起出门。不仅如此，你还成功帮唯交到了新朋友。我一直在近距离地观察你们，所以敢断定除了你以外，没有人能够完成这样的任务。反过来也就是，无论是谁有多努力，都不可能抹去她想要毁灭的愿望。事情不是那么容易的。”

“谢谢绫姐。”我向她道谢，但最后还是补了一句，“我很抱歉。”

“所以说你不用道歉啦。”

绫姐疲惫地笑了。

挂断电话后，我立刻给千草打电话。她很了解我参加的赌局，对此我必须要问个明白。

或许是睡着时脑海中进行过梳理，不知不觉间，我对千草熟知赌局的原因作了一个假设。

那是一个非常简单的假设。

荻上千草是这种奇怪赌局的过来人。

先假定被电话中的女子拉去参加赌局的人不只我一个吧。虽然不知道她是找了几个还是几百个，总之，除了我以外还有别人参加赌局，也包括千草在内。然后千草漂亮地赢得了赌局——又或者她并未获胜，但用某些方法熬过了赌局——成功地活了下来。因此，她察觉到这个叫作深町阳介的同班同学，和过去的她一样正面临着赌局的挑战，同时她还知道赌局的漏洞。

我怎么想都觉得，从现阶段已经明了的事实所能推导出来的假设中，再也没有比这更妥当的推论了。当然也有可能是我忽略了某些重要的事，但即使加上这点，千草是赌局过来人的假设仍然有种很不一样的说服力。

“喂？”千草接起电话，“是深町同学吧？”

“没错。我们找到初鹿野了。听说她今天清晨跳海了，虽然幸运地捡回一条命，但暂时不能接受探访。”

“这样吗？”千草只说了这句话，似乎别无他想。她镇定得仿佛从一开始就知道事情会演变成这样。

“我想问昨天你没说完的事情。”我说。

“那么，请你来我家一趟。这说来话长，而且我有东西想让深町同学看看。”

“有东西想让我看？”

“如果你能尽快过来就再好不过了。因为剩的时间不多了。”

说完，千草就径自挂断电话。

剩的时间不多了？

我对这句话感到疑惑。意思是说，她想给我看的东西会随着时间流逝而消失或耗损吗？

不管怎么说，我还是照千草说的赶往她家。

形形色色的事物都已接近结局。马路上到处都散落着死掉的蝉。密密麻麻的小蚂蚁聚集到干枯的尸骸上，从远处看去，就好像地面在扭动。

不知不觉间，阵雨般的蝉鸣声大多变成了寒蝉声，夏天已悄悄进入尾声。炎热的天气应该还会持续好一阵子，但气温不会再上升，只会不断下降。

我走进道路错综复杂的住宅区，不一会儿便抵达千草家。晾在二楼阳台晒衣竿上的衣物，正轻快地随风飘扬。

我站在玄关前正要按下门铃时，听到庭院那边传来叫我的声音。

“我在这边。”

我转身看向声音传来的方向，然后踏上修理工整的草坪。

千草在那里等着我。

看到坐在轮椅上的千草，我心中的种种疑问都消除了。

“深町同学，我想去海边。”

千草微微歪头，对我说道。

她的手上有一朵小小的白花。

*

小学三年级的初夏，我第一次体验了住院的生活。

当时我也是腿受伤了。我从一条通往海岸的坡道上骑自行车下来，想试试看不捏刹车能冲到哪里。那时我一路冲到最后一小段，正觉得“干得漂亮，骑到最后了”的时候，前轮被一个台阶绊了一下，我被甩了出去。所幸我在台阶前转了车把，这才避免脸部着地，但我的左膝重重地磕在了柏油马路上。

第一家医院给出的诊断是跌打伤，但我的疼痛非常剧烈，别说走路了，我连膝盖都不能弯曲。后来我又去了另一家医院，发现是膝盖骨骨折，要两个月才能痊愈。这是我第一次受这么严重的伤，我记得妈妈比我还紧张。

尽管现在的我已经能从容享受住院的生活，但对当时还在读小学三年级又是第一次住院的我而言，整天躺在床上的时间漫长得与永恒无异。起初，我根本不知道该怎么消磨时间，无聊得快要发疯。那是一种好像只有我的时间停住了的感觉。一天三次的用餐时间是我唯一的刺激与娱乐，不过餐点多半很清淡，基本上就是一些醋酱菜、黏稠的炖菜、味道很淡的汤菜、没有油脂的鱼等等。偶尔会有加了酱汁或番茄酱等调味料的食物，光是这样就能让我心满意足好几个小时。

爸爸买了不同领域的书给我，让我消磨时间。当时的我没有阅读的习惯，别说印满字的书，连图鉴都不怎么看，但除此之外我也没有别的事情可做，只能乖乖看书。我从不去想这些书好不好看，有没有意义，只是逐字阅读，看看照片与插图。就这样，我渐渐从中找到不少乐趣。

其中有一本书被我反复阅读，那是一本揭晓魔术手法的书。里头提到很多电视上常见的魔术，例如猜中随手抽出的扑克牌花色，让杯子里的硬币消失，让手杖浮在空中等，书上对这些魔术背后的机关做了非常细致耐心的说明。

尽管内容复杂难懂，但写这本书的魔术师文笔流畅易懂，看他的书会让我觉得是在听人讲述世界的另一面。回想起来，我应该不是沉迷于各种魔术手法，而是在欣赏作者在概括魔术手法时对人类心理死角的看法。所以大多数人在提及阅读的起点时，多半会提到小说或是散文随笔，我却是从讲解魔术的书中体会到阅读的乐趣。

如果那时父亲给我买的是天文学的书籍，我现在会不会成为像桧原那样的天文迷呢？不，最后过了一两个月我对魔术就腻了，所以换成天文学，应该也是一样的。不管怎么说，这样的假设都是没有意义的。喜欢上星星的深町阳介，会和此时此地的深町阳介过着完全不一样的人生吧。这样一来，也许我就不会喜欢上初鹿野了。

我住的病房不分男女，里头一共住了四个小孩，三个男生一个女生。虽然每个人受伤的部位都不一样，但都受了很重的伤。

对面病床上的女生和我一样是腿骨折，其中一条腿被打上了石膏。她没受伤的腿非常细，缠了好几层绷带的腿又显得很粗，就像招潮蟹的螯钳一样看上去很不平衡。不知道她是因为住院意志消沉，还是性格本就阴郁，总之她的表情一直都很阴沉。不过，我也没碰到过有哪个长期住院的病人会在病房里保持明亮的笑容。

女生的母亲每隔三四天会来探望她一次，频率绝对不算低，但这位母亲每次来到病房，都会在十分钟内说“妈妈很忙”而匆忙离开，这反而加深了女孩的寂寞。每当女孩的母亲来探望她，她都努力想在十分钟内让母亲了解她住院的痛苦，单方面地抱怨自己的不满。工作劳累的母亲则露出厌烦的表情，将这些话当作耳边风，然后以工作太忙为由逃回家。相信这位母亲的忙碌是不争的事实，但我觉得，与其这样，还不如别来探望。

等母亲离开后，女孩会把头埋进枕头里哭泣。每次目睹这个过程，我就变得很愁闷。她们为什么不能好好相处？为什么不能更坦率一点？你其实也不想和妈妈吵架吧？我恨女孩的笨拙，但现在想来，也许是我察觉到了自己也有同样的笨拙，所以才会那么不耐烦。

我一直很讨厌爱哭的她，而她也讨厌我。我妈妈会频繁地来探望我，而且一待就是很长时间，这让她很生气。每次她都恨恨地看着我妈来到病房，帮我换花瓶里的花，在我的石膏上涂鸦。等探望结束我妈妈离开以后，她就会一直瞪着我，仿佛在说她绝对不会忘记这笔账。

只有经历过的人才会懂，人一旦腿骨折住院，就能体会到各种不便与悲惨。说得夸张一点，我们会被夺走好几种身为人的尊严，并受到乱七八糟的无力感的侵袭。我和她也许是为了抵抗这种无力感，才会借怨恨身边的人来勉强维持活力。

在我住院一个多月的时候，我们之间缔结了停战条约。那一天，我一如既往地在床上看书，听见从天色已晚的窗外传来了庆典的音乐声。

我护着受伤的腿，花了很多时间用一只脚艰难站起来。到窗边往下一看，发现有几十个人沿着昏暗的马路朝同一个方向走去。有很多拖家带口的人，也有穿着校服放学回家的学生，看起来和我差不多大的小朋友亦有不少。每个人都发出欢声笑语。

我观察着马路上涌动的人群，发现了几个同学。我条件反射地想喊他们，但在即将出声之际又打消了这个念头。我现在和他们聊上几句，也许可以暂时排遣寂寞，然而，当我从病房的窗户和他们打照面的瞬间，我们之间就会划出明确的界线——我有这种感觉。

不对，也许界线早就划出来了，只是我以前没有察觉到它。我和同学之间已经产生了无法挽回的隔阂。我躺在床上数着天花板的污渍时，他们已经和朋友们度过了无可取代的时光，制造了许多宝贵的回忆。

感觉只有我孤零零地被整个世界抛在后面。不知不觉间，泪水模糊了我的双眼。在滴落之前，我赶紧擦干泪水，然后坐在床上，慢慢深呼吸，用力闭上眼睛，等待泪腺活动的平息。

这时，我忽然听到不远处传来啜泣声，看来并不是我无意识地哭了出来。睁开眼一看，我发现那个女孩正从病床上探出上半身往窗外看。

她的脸颊被眼泪打湿了。

想来她肯定也沉浸在和我差不多的孤独感中。

我想那时我之所以想安慰她，是因为我早就知道这么做能迂回地抚慰自己。也就是说，抚慰自己的不幸很困难，但抚慰遭遇和自己相似的他人就没有那么难。而且，只要能证明抚慰和自己相似的他人并不困难，那么抚慰自己也就变得轻而易举。就是这么一回事。

我从床头柜拿出手帕，在桌上的花瓶中抽出一枝小小的白花，折成适当的长度。等做完必要的准备后，我用一只脚小心地站起来，叫了她一声。

她赶紧擦掉眼泪转过头来。我将双手手掌举到她的眼前，让她看清楚我手中什么东西都没有。她呆呆地看看我的手，又看看我的脸，打着嗝儿问我："有什么事吗？"

"你觉得是什么事？"我反问道。为了消除她的警戒心，我还露出了微笑。想必是一个非常僵硬的笑容。"你马上就会知道了。"

我用手帕盖住左手，用右手聚精会神地抚摸一下后，迅速抽走手帕，把底下露出的白花递给她。她睁大眼睛，连连眨眼，战战兢兢地用双手接下花，从各种角度端详它。确认了这不是人造花，而是真正的花之后，她把花爱惜地插进枕边一个小花瓶里。当她再次转身面向我时，哭肿的脸上露出了开心的微笑。

从那以后，我每天都会练习一种魔术，表演给她看。吃完晚餐收拾好餐具后，她会对我招手，然后端端正正地将双手放在膝上，等待我的表演。我用一只脚走过去坐到椅子上，摆出一副早就熟练无比的表情，表演当天私底下疯狂练习过的魔术。无论表演得好或不好，她都会为我轻轻鼓掌。

慢慢地，即使没有魔术，我们之间也会自然而然地交谈起来。聊的内容几乎都是饭菜真好吃，不满意护士包扎绷带的手法等没什么营养的话题。

只有一次，她提到了我脸上的胎记。

"你脸上这块淤青一直都不会好吗？"

“啊，这个呀，”我轻轻碰了碰脸上的胎记，“这是从出生就有的，不是受伤了。”

“出生就有的啊……”她不可思议地端详我的胎记，“它不会痛也不会痒，对吧？”

“是啊，完全不会。”

“太好了。”她放心地露出微笑。

后来——唯有这次，她说了丧气的话。

“如果你必须一辈子坐轮椅生活，你会怎么办？”

当时我表演完魔术，正在收拾道具准备回自己床上，她问了我这个问题。

我抓着窗沿站住，稍稍思考了一下她的问题。

“不知道，想都没想过。你怎么会问这个？”

她垂下头露出空洞的笑容，说：“因为我说不定就会变成那样。”

“是医生这么说的吗？”

“是啊。很久以前，医生就告知过有那样的可能性，还说至少会留下一些神经麻痹的后遗症。”

我深思了很久，回答道：

“换作是我，应该会大哭一场吧。会哭很多很多天，会任性地拿妈妈、护士还有你撒气。因为我觉得，如果一辈子都不能走路，闹这么几下也是可以原谅的。”

她说“就是啊”并连连点头，仿佛每点一次头就能加深认同的程度。接着，她忽然想起什么似的抬起头，拉着我的袖子让我坐在床上。她用双手抬起打了石膏的腿，费力地稍稍调整好姿势后，从后方轻轻地抱住我，把额头埋在我的背上哭泣。

当时的我隐约懂得这就是她的“任性”，所以什么都没说，默默地接受了。她哭了很久，仿佛想把全身的水分都哭出来。还不满十岁的我，不知道该对她说什么才好，只能一直沉默着。即使到了十六岁的现在，我还是想不出那时候应该对她说些什么。

我出院时，她说“等我腿好了就去找你”，问我要了地址和电话号码。我也很想知道她的地址和电话号码，但是又觉得等她打来的时候再问就好了。我还考虑到，在那之前得先学会各种魔术才行。

毕竟小学三年级时的我，乐观得远非现在的我所能相比。

出院后过去一个月、两个月，我始终没收到她的联系。半年过去了，连一通电话也没有。

等到一年过去，我领悟到自己应该再也见不到她了。她不可能违背与我订下的约定，也就是说，她的腿一直没治好。

我渐渐忘了这个女孩。在我心中，她的存在感一天比一天淡，我只会在经过大医院时才想起还有过这么一个女生。没过多久，这点印象也消失了，我连她的长相和名字都忘了。我和她共度过的这段短短的夏日回忆，就这么埋没在记忆深处。

*

如今我正推着轮椅，走在当年我骑着自行车冲下、通往海岸的坡道上。沿路生锈的护栏都爬满了藤蔓，两旁的防风林里有几千只蝉在叫，仿佛置身于巨大发条玩具的喧嚣中。

“我出院以后，荻上你很快就出院了吗？”我问。

“并不是很快就出院。”千草回答时并未回头，视线始终固定在远方的海上，“你出院大约半年后，我重回小学。那个时候，班上同学早就把我忘得一干二净。对那种年纪的小朋友来说，要忘掉一个女生，半年就足够了。况且我的存在感本来就很稀薄。”

“但又不会像转学生那样得到大家的关注。”

“没错，就是那样。”千草无力地微笑，“自从开始了轮椅生活后，我的交友范围迅速缩小。大家并没有把我当成残障者歧视我，参叶小学在这方面的教育做得很好……可是，不管再怎么没有歧视，我不会走路的事实终究不会改变。只要和我在一起，各种行动就会受限，既不能参加运动型的活动，遇到一点台阶还得抬起我的轮椅。他们并不讨厌我，但对于和我一起行动时所受到的限制由衷地厌恶。大家一开始还觉得稀奇，很爱来帮我推轮椅，或是陶醉于照顾残障者的自己，但过了一周左右就被麻烦打败，开始露骨地躲着我。自然而然地，人们都疏远我了。”

这个过程很好想象。我就读的初中里也有一个坐轮椅的女生，尽管大家并不讨厌她，但没过多久就开始躲着她。她总是待在教室的角落里，为了加入学校文化部那些文静的女生所组成的小圈子，拼命地配合她们聊天。

“以前我把初中时的自己描述成‘虽然谁都喜欢我，但我无法变成任何人心目中最重要的人’，但那是彻头彻尾的谎话。我想被当成一个正常人看待，忍不住撒了那样的谎。真正的我，别说被人喜爱了，无论走到哪里都会受人排挤。自己是一个不该待在这里的人，我每天都会这么想好几百次。这种时候我常常会想起以前和一个脸上有一大块胎记的男生共度过的日子，把它当成心灵的慰藉。对我来说，那段日子就是幸福的象征，是我唯一能够证明无论处在多么受限制的情形下仍然能够得到美妙回忆的证据。然而正因如此，我更不能和你联系。因为一旦你拒绝我，我会连这个唯一的立足点都失去……可是，我进了美渚第一高中后，在班级名簿上发现了那个名字。”

千草扭过上半身，看着我的脸。

“上头清清楚楚地写着‘深町阳介’这个名字。要说我不开心，那是骗人的。能和初恋对象在同一个班里一起度过高中生活，简直像美梦成真。但我心中害怕和你重逢的情绪胜过开心。现在的深町同学未必能像当时那样接受现在的我。即使能够恢复以前那种熟稔的交情，也没有希望能发展出更进一步的关系。毕竟对十六岁的男生而言，交一个坐轮椅的女朋友会有很多不便。”

她再次将视线投向远方，用一只手摸了摸自己的腿。

“我心想，只要这双腿能动就好了。不能自由地跑来跑去也无所谓，只要能让我走在一个人身旁就好。我也想谈一场平凡的恋爱……然后，三个月后，放学后在学校里，我听到了公共电话的铃声。那正好是五十天前的事了。”

下坡道走到最后，两旁不再有防风林，出现了在阳光下闪闪发光的辽阔海面。在防波堤徘徊的海鸥一看到我们靠近，就连忙拍着翅膀飞走了。

“我突然能用自己的脚走路了，因此吓一跳的只有医生和我的家人。除此之外，人们只有‘啊，你的伤总算好啦’这样的反应。即使对当事人来说是一辈子的烦恼，但看在旁人的眼里也不过是点小事呢……另外，睽违七年重逢，深町同学也已经忘了我。当然，只要我说自己是曾经和你同一间病房的女生，你多半会立刻想起来，但我特意没这么做。因为我觉得，不如干脆从头来过吧。我要忘记先前那个悲惨的自己，当一个平凡的女生。”

我们走到防波堤的最前端，默默地听着海浪声。海的另一头飘着厚实得几乎直冲天顶的积雨云。

“深町同学。”千草开口，“如果那一天，坐在你隔壁的我是一个坐轮椅的女生，你觉得我们会不会无法像现在这么要好？”

“不会。”我摇摇头，“我们不会并肩走在路上，而是会像今天这样，由我推着你的轮椅。我觉得只有这样的差别。”

千草开心地笑了。

“……搞不好，我根本不用答应什么赌局，只要老实说‘我是那个时候和你住同一间病房的女生’就好了。”

“也许是吧。”我点点头。

“可是这样一来，我就没办法和你一起在街上跑来跑去，一起偷偷溜进游泳池了，所以我答应赌局也许是正确的。”她说完，双手并拢伸了个懒腰，“……可是，我好想参加‘美渚夏日祭’哦，难得我和深町同学一起练习了朗读。”

然后，千草像是想起什么似的翻了翻口袋，拿出一封信给我。

“你想知道的事情我都写在上面了，请你晚点再看。”

我向她道谢，把信收进口袋里。

后来，我们有一句没一句地聊起这个夏天发生的种种事情：千草叫醒第一天上学就在课堂上睡着的我；她带着我认识校园；我让千草吃到她这辈子一次也没吃过的泡面；我们为了当坏人而一起做各种坏事；脱掉衣服在游泳池里游泳；深夜溜出家门，四个人一起看了多得数不清的流星。

等话题快说完的时候，千草忽然抬头看着天空，指着正上方说：“深町同学，你看。”

白色的飞机云笔直地在天空延伸。

我们看着它久久地出神。

当我拉回视线的时候，千草已经消失得无影无踪了。

只剩下失去主人的轮椅留在原地。

往脚下一看，只见海面上漂着海浪打在防波堤上而产生的白色泡沫。

我在防波堤边缘坐下，静静地看着泡沫无声无息地消失在海中。

我心想，自己过不了多久也会走上和她一样的路。

第九章　不属于我的名字

翌日下午，桧原来到我家。门铃每隔十秒就响一次，我早就听见了，但是无法将门铃声与它的含义联系在一起，花了很长时间才意识到有访客上门。

我从被窝里弹起，走出拉着窗帘的昏暗房间。阳光有点刺眼，我眯着眼睛走下楼。我从门铃的按法听出来者是桧原。他不事先联系我就直接找上门是件很稀罕的事，也许他已经察觉到初鹿野或者千草出事了，也有可能两者都察觉到了。

我一开门，桧原就逼近我，他的脸上罕见地有着不解与着急。

“你知道多少？”他问。

“我想由你开始说会比较快。”我穿过他身边走到外头，在玄关前面的台阶上坐下，“你知道多少？”

桧原欲言又止地瞪了我好一会儿，最终还是死心地垂下肩膀，在我身旁坐下。

“昨天晌午，千草给我打了电话。”桧原从口袋里拿出香烟，焦躁地点火，“虽然我跟她交换过号码，但这是她第一次主动打电话给我。我吓了一跳，问她怎么了？千草说：‘桧原同学，要仔细听好我接下来说的话。’我不知道她是什么意思，但还是先答应了。”

所谓晌午，多半是我抵达千草家之前吧。她不但给我留了一封信，还通过打电话给桧原的方式留下信息。

桧原接着说：“她的话很短，我听得似懂非懂。千草是这么说的：

‘接下来也许会发生几件奇妙的事情，可是，请你不要责怪任何人。’我问：‘就这样？’她回答：‘就这样。’紧接着电话就挂断了。她的说法让我感到好奇，不过那天是天文观测的好日子，我想晚上见面时直接问她就好了。”

“奇妙的事情？”我重复他的话，“荻上是这么说的，没错吧？”

“对，一字不差。然后昨天晚上，我发现没有一个人来废墟。我想，这会不会是千草所谓的‘奇妙的事情’？可是，我又觉得这个想法不太贴切。怎么说呢，我觉得按照千草的个性，应该不会用‘奇妙的事情’来形容这种事态，而会有不一样的说法吧。然后我想到，说不定你们三个人没出现，只不过是已经发生的‘奇妙的事情’所造成的影响之一。”

“所以，你给荻上打了电话。”

“对，今天下午我打电话到千草家，但没有人接。不好的预感越来越强，我每隔一段时间就打电话过去。直到刚刚，总算有人接我电话，对方应该是千草的母亲。我问千草在不在，她回答得吞吞吐吐，感觉整个人非常慌乱。直觉告诉我，真的发生了很糟糕的事。我一说我是千草的好朋友，千草的母亲就情绪崩溃，哭了起来。我这才知道，千草在今天清晨溺水身亡了。”

“溺水？”我忍不住反问，“到底是在哪里发现的？”千草是在我眼前化成泡沫消失的，可现在有明确的死因，只可能是她的遗体被人找到了。

“听说她被冲到了隔壁镇的海岸上。目击者立刻叫了救护车，但已经太迟了。千草的母亲正忙于处理女儿意外亡故后的各种手续，接我电话时，正好回家拿需要用到的东西。我太过震惊，连致哀的话都说不出来。我无法相信千草死了，可同时内心某个地方又接受了这个事实——原来她所谓的‘奇妙的事情’，就是指这件事啊。”

桧原抽完一根烟，立刻又点燃下一根，仿佛想用烟来掩饰自己的感情。

“我怎么想都觉得，千草早就知道了自己的死期。若是如此，她的死有可能就不是意外，而是自杀。可是，我根本想不到千草有什么理由要自杀。虽然她的恋情无法得到回应，但她不是会为了这种理由而自杀的女生。忽然，我想到你也许知道内情，于是打电话给你，但那时候你不在家。所以，我又给初鹿野家打了电话。”

一提到初鹿野的名字，桧原先前一直维持稳定的语调出现了起伏。与其说是悲伤，不如说是对某件事感到气愤。

“接电话的是初鹿野的母亲。我问初鹿野在不在家，结果又得到了一个含糊不清的回答。和打给千草家的时候一样，我说我是初鹿野的好朋友，但她的母亲很谨慎。我们争执了许久后，对面突然换了一个年轻女子接电话，应该是初鹿野的姐姐。她问了我几个问题，确认了我真的是初鹿野的朋友。知道我没有说谎后，她道歉道：‘之前怀疑你，对不起。’然后把初鹿野发生的事情解释给我听。”

桧原说到这里停顿了一会儿，像是在窥伺我的反应。

“初鹿野在不同时间、不同地点，和千草一样发生溺水事故了。”我替他说下去，“是这样吧？”

“到底发生了什么事？”桧原把烟丢到脚下，踩烂它，“你应该知道些什么吧？”

“不，我知道的不比你多。”

“可是，你至少有点头绪，不是吗？”

“不知道。”我摇摇头，“桧原，不好意思，我想一个人静一静。很多事情我还没有办法接受，脑子也是乱成一锅粥。要是想到什么事，我会主动联系你的，所以今天可以请你先回去吗？”

桧原仿佛想看穿我的心思似的，仔细观察着我脸上表情的细微变化。然后，他可能从中看出了我由衷悲伤的情绪，死心似的叹了一口气。

“我会用自己的方法去查她们两人发生溺水意外的原因。我会一直查下去，直到找出我能接受的答案为止。若我查出千草的死不是意外，而是人为事件，我就会找出那个凶手，给他一点颜色看看。根据情况，我不介意让那人体验一下和千草相同的遭遇。”

桧原站起来，把破烂的烟蒂踢进排水沟里。

“等你有干劲了，记得联系我。那我走啦。”

“嗯，知道了。”

他回去之后，我再次把自己关回房间，躺进被窝里。千草的死已成为众所周知的事情，让我陷入一种身体的一部分被挖空了的空虚感中。

我对桧原说自己知道的不比他多，当然是谎言。至少关于千草死亡的真相，我连细节都很清楚。从某个角度来看，甚至可以说是我亲手杀死她的。

千草在离别之际给我的那封信里，把初鹿野想赎的“罪”写得清清楚楚。千草为了我，独自去查了那空白的四天里到底发生了什么事，而她查出来的多半是真相。

“我本来应该早点把这件事告诉深町同学的。”信上是这么写的，“但我害怕你会把我想成一个试图踢掉竞争对手的坏心女生，所以一直没告诉你，对不起。”

我读到这里，隐约懂得初鹿野为什么非得在这个时间点自杀不可了。

在那段天文观测的日子里，初鹿野大概比任何人都乐在其中。

也正因如此，她才会觉得，不能只有自己一个人继续活下去吧。

*

我站到洗手台前，打开油性笔的笔盖，把笔尖往眼角一戳。我靠近镜子仔细看了看，发现这个黑点非常自然地融入到我的皮肤当中，相信在不知情的人眼中，这就是真的泪痣。

自从桧原跑来我家已经过了两天。这段时间里，我一直把自己关在拉上窗帘的房间里，不停地对已经过去的种种事情扪心自问。我是不是不该把初鹿野从房间里带出来？初鹿野会再次走上自杀这条路，会不会是因为我多管闲事？我真的没有办法救千草吗？要是我再早一点放弃初鹿野，是不是至少能保住千草的命？招来这个最坏结果的人，会不会根本不是别人，而是我自己？一旦开始胡思乱想，我就再也停不下来。我觉得自己这些日子里所做的一切，全部适得其反。

我整天躺在被窝里看着天花板，懂得了初鹿野把自己关在昏暗房间里的理由。一旦遭到后悔漩涡的吞噬，我的脑子就会被一种无力感主宰，怀疑无论自己做什么事都会让事态恶化，这样一来我连走出自己的房间都非常困难。然后我就产生了一种对于死亡的隐约向往，简直像被人施了诅咒一样。

窗外还有蝉鸣声，但与一周前相比，音量已显著降低。不知道是不是错觉，我总觉得天黑的时间也比之前早了许多。虽然天气还是炎热，但上一次出现那种热得受不了的日子，已是十天前的事了。

是夏天的尾声先到，还是我先死去？如果可以，我希望能在夏天结束前离开这个世界，在积雨云消失之前，在蝉鸣全部消失之前，在向日葵枯萎之前。因为不管什么时候，最后一个离开的人总是最寂寞的。

二十日早上，我接到了一通电话。如今我连饭都懒得吃，但一听到电话铃声，身体就自然而然地动了起来。看来我的身体还忘不了当初和初鹿野通电话时的那种喜悦吧。

打电话来的人是桧原。

“这四天里，我不知道跑了多少地方。”他说，“也多亏跑了这些地方，事情被我查得七七八八了。”

“七七八八？”我反问之余，心想总不可能在短短四天内连我和电话中的女子之间的赌局都被他查了出来吧。

“对。她们坠海的原因我差不多都知道了。我查了千草和初鹿野她们两个的经历。”

“你到底怎么查的？”

“首先是千草的。”他不理会我的提问，自顾自地说了下去，“在这方面，她没什么特别可疑的地方，一直过着一种和争执无缘的平稳生活。唯一让我感到意外的是，千草从小学开始直到最近，都坐着轮椅生活。听说一场意外导致了她腰椎受伤，连稍微站久一点都不行，后来好不容易才能走路。”

“那么，”我催他快点说下去，“初鹿野这边呢？”

“正好相反。”他说话的语气像在念不祥的新闻，“我到处找初鹿野以前的同班同学打听消息。我一问起初鹿野的事情，每个人的说法都一样。例如‘她以前不是这样的’，还有‘她以前开朗又坦率，人见人爱’。绝大多数人都认为，她之所以变了样，是因为初中二年级的冬天她的脸上长出了胎记。众人的看法是，初鹿野自从长出胎记后，性格就开始改变，半年后更是变得不像同一个人了……可是，其中也有不一样的说法。这种说法是，初鹿野在初中三年级的夏天，曾经没有请假就突然连续四天不去上学。而在这之后，诚恳开朗、人见人爱的初鹿野变成现在这样沉默、阴郁的人了。”

话筒那头传来他在沙发或什么东西上坐下的声响。

“照常理推想，前者的见解比较说得通，人的性格并非四五天就能改变的。可是我觉得，解开疑问的钥匙，就藏在这空白的四天当中……而从结果来说，我的直觉是正确的。初鹿野不去上学听说是在暑假即将开始的七月二十日的前后。我把目标锁定在这个范围内，对初鹿野身边发生过的所有事情全部彻底查了一遍。随着调查范围从她的班级、年级扩大到学校，我查到一起稀奇的案件。那是一起发生在隔壁镇的案件，日期和她空白的四天中有两天重叠。听说有人在深山的废墟里发现了两具初中女生的焦尸。报纸上写的是一起自杀事件，她们还留下了遗书。”

我对他调查手法的高明表示惊叹，然后又说道：“那件事曾上了新闻，而且学校的集会上也有老师提到，我记得很清楚。”

“没错，那个案子在这一带很有名。只是当时自杀的两个人和初鹿野之间看似没有任何关系，但我就是有种奇妙的自信，觉得这两个人的死和初鹿野空白的四天之所以会重叠，绝对不是巧合。随着调查的进行，我所料不错，果然找到了把自杀的两人和初鹿野串联起来的线——小学的时候，她们在同一个补习班上了一年的课。看到这里，我小小地发散了一下思维：假设在废墟进行的这场凄惨的自焚行为不是由两个人而是三个人策划出来的呢？如果本来会留下来的焦尸不是两具而是三具，有一个人中途跑掉了呢？”

我说不出话来。

——桧原只花了短短四天时间，竟然能查到这么多事情。

他继续说下去：“这个假设很有意思，但里面的思维逻辑实在太跳跃了，而且我没有任何证据。如果能知道遗书的内容便能揭露真相，不巧的是我没有这种权限。就在我快要死心的时候，一个朋友听说我在找参叶初中的学生打听事情，便联系了我。原来这个朋友的亲戚是参叶初中的老师，还说如果我希望，可以安排我和这位老师见面。得知这件事的隔天，我就去见了这位老师，认真地把这离谱的假设告诉他。我本来以为会遭到冷淡的否定，但这位老师听完我的想法后，用两根手指捏住自己的眉心，揉了一次又一次，然后才说：'我不能透露任何事情，可是，如果真的发生那种事情我也不觉得吃惊。'你不觉得很奇怪吗？就算那位老师不能透露任何事，通常都会用否定的语气吧？"

"没什么好奇怪的。"我说，"这不就表示你的想法正确吗？"

桧原看到我窃笑，愤怒地说："有什么好笑的？"

"不，我不是在笑你，而是在笑我自己。我花了一个月都查不出的真相，你只花四天就查到了，这让我觉得可笑得不得了。"

桧原倒吸一口凉气，说："你果然早就知道了。"

"对，只是等我知道初鹿野自杀的理由，已经是她跳海以后的事了。到头来，什么都为时已晚了。"

桧原所说的内容和千草信上写的内容大致上是一样的。尽管对谜团的切入角度和思考过程略有差异，但他们的结论完全一样，两人的推理弥补了彼此推理的缺陷。有关初鹿野与隔壁镇初中女生自杀的这一点，已经没有怀疑的余地了。

我止住笑声，调整好呼吸，对他说："桧原，虽然不知道要等到什么时候，但过不了多久应该就能和病房里的初鹿野会面。到时候你可以去探望她吗？她很在意你。”

“不好意思，我办不到。”桧原冰冷地说，“目前我还没确定千草那令人费解的死亡和初鹿野的自杀未遂之间有没有关系，可是有一件事我敢断言，每次初鹿野寻死时，死的都不是她自己，而是身边的人……我推测是初鹿野邀请千草一起自杀。这个推测也许是错的，千草的死和她完全无关，我想到的假设可能是一种穿凿附会的阴谋论，但已有三个和初鹿野关系密切的人死了，这是没有办法推翻的事实。”

桧原停顿了几秒，仿佛在等这句话充分渗入我的脑海中。

“我再也不想跟她扯上关系，你最好也别和她牵扯太深，不然你说不定会变得跟其他人一样……既然千草已经不在了，我再去废墟的屋顶也没有意义，天文观测的日子就这么结束吧。”

电话挂断了。

我放下话筒，回到自己昏暗的房间中，再次躺进被窝里。放在房间角落的望远镜保护盒映入我的眼帘。这是我们去看英仙座流星雨的那一天，桧原说他完全忘了带望远镜去只会碍事，所以先寄放在我家里。起初他连碰都不让我碰一下，最近知道我在很用心地学习有关天文望远镜的知识，终于愿意把望远镜寄放在我家了。

我曾为了初鹿野说什么也要把这个望远镜弄到手，但事到如今，光是看到它我就觉得厌烦。那是我失败的象征，落败的象征。这几天我一直努力不让望远镜进入我的视野，可就算没有直接看到，这个物体仍在房间的角落里不停地释放出存在感，是时候该把这玩意儿还给桧原了。

我终于动了起来，抱着装了镜筒和三脚架的盒子走出家门。屋外仍是艳阳高照，但阳光不再猛烈，没有那种像在炙烧皮肤的感觉。道路被拖拉机掉落的污泥弄得脏兮兮的。也不知道是哪家在庭园里烤肉，一阵香肠的焦香味乘着说热不热的风迎面而来。

我紧紧地抱着望远镜的盒子，以免不小心摔了它。正要迈出脚步时，一辆眼熟的蓝色汽车停在我家门前。我所料不错，从驾驶座下来的正是雅史哥。看他的样子，应该不是凑巧看到我而停下的。

“绫同学找你过去。”雅史哥指了指副驾驶座，“赶快上车吧。”

我点点头，坐上他的车。

*

“事先声明，你问我也是白问。”

烟灰缸里塞满了烟蒂，像向日葵的种子一样。雅史哥从中间挑出一根相对来说剩得比较长的烟，用手指夹出来，叼在嘴上。用雪茄打火机点着后，他觉得难抽似的皱起眉头，吐出一口烟。

“我只是被绫同学拜托来接你，详细的情形一概都不知道。她在医院等你，你有什么事情到时候问她就好了。我只知道绫同学的妹妹住在那家医院，今天开始允许探视。”

“也就是说，绫姐是想让我见初鹿野……让我见她的妹妹？”

“都说了我什么都不知道。”雅史哥叼着烟，不高兴地回答，“也有可能只是绫同学离不开医院吧？”

我点了点头。他说得没错，绫姐有可能只是想找我面对面说话，但又要照顾初鹿野，不能离开医院，所以才拜托雅史哥带我过去。

车子开上蜿蜒且狭长的山坡道路，来到一间被茂盛树林包围着、小而整洁的医院。雅史哥在转盘放我下车，说着‘我有一大堆事情得回研究室处理，回程你自己想办法”，就连忙开车离开了。我四处找了一下，但没看到像绫姐的人影，心想与其到处乱找还不如在这里等，于是在入口前的花圃边缘坐下，把望远镜的盒子放到膝上，等待绫姐出现。

医院前有一条大河流过，河畔被差不多一人高的植物覆盖住，让人分不清楚哪里是地面，哪里是水面。河堤的人行路大多也被路旁茂盛的杂草侵占，让人难以行走。可以看见对岸有绿意盎然的群山，从山脚到山腰有一排铁塔。在等绫姐的时候，我没有特别聚焦在哪个地方，只是看着这片恬静的风景发呆。

过一会儿，绫姐从正面入口处现身。她穿着皱巴巴的T恤，牛仔裙的裙摆起了毛边，脸上的妆有点花，头发也乱糟糟的，看起来比上次见面时老了三岁。

“不好意思，突然找你来。”绫姐对我露出疲惫的微笑，“之后也得补偿一下雅史才行……我们走吧。”

“等一下。”我赶紧拉住她，“你找我来，是要我去见唯同学吧？”

“那还用说？还是你有其他亲朋好友在住院？”

“我不是这个意思。只是我觉得我去见现在的唯同学，只会起到反作用。你有和她本人说过我会去见她吗？”

“没说过。可是不用怕，你放心。”绫姐对我笑着，眼神却很空洞，“现在的唯，心情似乎非常平静，我已经好几年没看到她这么平静了。只是……”

她说到一半，像改变主意似的停下来。

“……与其由我口头解释，不如让你去见她比较好。”

我穿过大门，医院那种特有的掺杂着消毒水味与病患体味的空气立刻笼罩住我。走廊的日光灯发出惨白的光线，将本来就阴森的医院内部衬得更加不舒服。亚麻油地板四处发黑，柜台前老旧的沙发也满是修补的痕迹，有一种说不出的寒酸感。

我在柜台办了会客许可证之后，在绫姐的带领下走进电梯，来到四楼。绫姐在一间房门打开的病房前停下脚步，默默地指了指室内。由于角度问题，从我站的位置看不见整个房间的情形，但门口挂了一块写着“初鹿野唯”的牌子。挂牌的地方还有三份处都空着，代表这间是四人病房，现在只住了初鹿野一个人。

我用手按着胸口，深呼吸了一次，又看了一眼写着初鹿野名字的牌子，这才下定决心踏进病房。狭小的病房内，四角都摆放着病床，从门口看去，初鹿野就坐在右手边里面的病床上。她穿着浅蓝色的病人服，正专注地看着一本厚厚的笔记本，没注意到我的到来。我不知道她到底在看什么这么专心，于是悄悄走过去，瞄了一眼她手上的东西。虽然来不及看清楚内容，但能看出上面有很多段手写的简短文章。

这个时候，初鹿野总算注意到我的存在。她全身一震，迅速盖上了笔记本放到枕边，仿佛不想被我看到似的。

和我四目相交后，初鹿野急忙害羞地朝我点头示意。

她这种反应，让我有种说不清的违和感。

“初鹿野。”我好不容易挤出的声音，听上去简直不像自己的，“你该不会……”

“那，那个，对不起。”初鹿野打断我的话，“在我们开始说话前，有一件事我必须要确认清楚……”

她过意不去地低下头，用全身慢慢呼吸了一口气之后，心烦意乱地开口：

“请问你叫什么名字？”

我视野中的景象渐渐失去色彩，同时，一阵耳鸣直接冲击着我的意识。

初鹿野天真地对着说不出话来、呆呆地站在原地的我说：

“……我现在待的地方是病房，我现在睡的这个是床，窗外可以看到的树是榉树，季节是夏天。这些知识都没有受损，你也看到我可以清楚地说话。可是，就算照镜子，我也不觉得镜子里的人是自己，感觉在看年纪比我大了几岁的亲戚。”

无论看在谁的眼里，这显然都是失忆——严格说来是逆行性失忆的症状。多半是精神创伤引发的逃避反应，要不然就是脑部缺氧导致的记忆障碍。

不过这些事都不重要，我关心的不是她失忆的原因，而是这种症状可能带来的未来。

“所以，你是谁、你跟我是什么关系，我都不知道。你特地来探望我，真是对不起。”

为此欣喜是很不谨慎的，这我再清楚不过。

但是，搞不好……说不定……

如果她的记忆障碍不是暂时的，今后还会持续好一阵子……

深町阳介，不就可以和初鹿野唯从头再来过吗？

然而我的期待，被初鹿野的下一句话轻而易举地击溃了。

“只是，在失去记忆之前，我好像每天都在写日记。姐姐帮我带来的行李中就有这本日记。说是日记，其实写得很平淡，和条列式的备忘录没什么两样……啊，所以我先申明，我知道自己的坠海不是意外，而是自杀，这件事你不用勉强隐瞒。”

初鹿野说着，露出豁达的笑容。

我朝她枕边的笔记本看了一眼，发现它颇为眼熟。绫姐帮我进到初鹿野房间的那一天，这本笔记本就以翻开的状态放在桌上。恐怕当时直到我进房间为止，她都在桌前写日记吧。

初鹿野每天都在写日记这件事让我颇为吃惊。我一直以为她对自己的人生已经漠不关心。快要自杀的人，会每天写日记吗？还是说，正因为是要自杀的人，才会每天写日记？

初鹿野注意到我的视线，挪了挪身体，挡在笔记本与我之间。

“我还只看了这几天的日记，但初鹿野唯这个人似乎有很强烈的自杀念头呢。虽然我还没看到日记里有关自杀原因的部分，但肯定是因为脸上的胎记而忧郁吧。失去记忆应该是逃离自杀念头的最后手段吧，真是没出息。”

她说话的时候一直低着头，此时终于抬起头来，从刘海下偷窥我的表情。

“呃，我想差不多该请教一下你的名字……”

“你应该已经猜到了吧？”我只想把审判的那一瞬间往后延迟，哪怕一秒也好，于是回答得含糊其词，“你不是看了日记吗？”

“是啊，从日记上看，愿意来探望我的人似乎寥寥可数，所以我已经猜到了大概。只是，我没有把握。”

这时，她的目光忽然停留在我提着的东西上。

“……这个东西……”

初鹿野指了指装着望远镜的盒子。

“你该不会是桧原裕也同学吧？”

一阵漫长的迟疑之后，我慢慢地点了点头。

那时，初鹿野露出的笑容，是一种从未对我露出的、很特别的笑容。

我心想：啊，原来她在桧原面前会这样笑啊。

*

结束这场漫长的会面后，我走出病房时，一直坐在外面等待的绫姐疲惫地站了起来。

“辛苦啦，小阳。啊，还是该叫你小裕？”

我深深地叹了一口气，说：“你都听见了？”

“我好久没看到唯那么开心了。你想到了一个很有意思的点子，桧原裕也同学。”

搭电梯下到一楼后，我去柜台归还了会面许可证，然后走出医院。围绕医院的树林里不时传来暮蝉与乌鸦交杂的叫声。入口前的公车站牌时刻表显示距离下一趟公交车还有二十分钟左右。

“……我该怎么办才好？”我问绫姐，“总不能一直自称是桧原裕也吧。”

“我有几件事想问清楚。”绫姐说，“桧原裕也就是前几天打电话来我家，对唯的事情问东问西的那个男生吧？”

“是的。”

“从刚才的反应来看，唯似乎很亲近这小子。”

“是啊。她丧失记忆前，唯一有好感的对象就是桧原。”

“唯一？小阳不也很受她的喜欢吗？”

“我只是没被她讨厌而已。可是，桧原不只是没被讨厌，一定还被她喜欢。”

“哦？”绫姐含糊地点点头，“那么，桧原裕也打了那通电话以后就完全不出现了，这是为什么？”

我想了一会儿后回答：“这阵子我和唯同学，每天晚上都去废墟屋顶观测天文，这件事你知道吧？”

“嗯。桧原裕也是成员之一吗？”

“没错。此外，观测天文的成员中，还有一个叫荻上千草的女生。唯同学自杀未遂的隔天，这个女生像是要追随唯同学似的跳海自杀了。桧原认为，荻上的死，责任在唯同学身上。”

“等一下，这话怎么说？”绫姐歪了歪头，“为什么唯跳海了，这个叫荻上的女生就得跟着跳？”

“这只是推测。”我先加上这句开场白，才开始解释，“去年夏天，隔壁镇上发生了一起两名初中女生自焚的案件。桧原怀疑唯同学和这件事有关。之所以会这么说，是因为唯同学正好就在这个时候，什么征兆都没有就旷课了四天，而且有不少同学说在这四天过后，她就像变了一个人一样。”

绫姐停下脚步思索道：“……也就是说，独自从集体自杀中活下来的唯，又想做同样的事，这次还把那个叫荻上的女生给牵扯进去了，是这个意思吗？”

我佩服地点了点头。不愧是初鹿野的姐姐，脑筋转得很快。

“当然，这只是桧原擅自这么认为的。我敢确定唯同学的自杀未遂和荻上的死，没有直接关系。”

“原来如此。”绫姐闭上眼睛思索一会儿，“总之，那个叫桧原的男生已经放弃唯了，所以他不会来探望唯。”

“应该是这样。”

“可是唯不知情。她还没察觉到自己唯一能够敞开心扉的男生，已经弃她而去。毕竟眼前出现了一个自称是桧原裕也的男生嘛。”

我垂头丧气地说道：“对不起，我不该说那种谎话的。”

“是吗？我倒觉得这个主意挺不错的。”

“你真的这么认为吗？”

“当然。还是说，你现在要回病房跟她说‘刚才我说的全是谎话，我不是桧原裕也，而是深町阳介。真正的桧原裕也再也不想见到你’？”她觉得滑稽似的笑了，“有什么关系？反正唯看起来好开心，而且小阳不也有甜头吃吗？万一你的身份被拆穿，只要好好解释，虽然可能不会原谅你，但至少她心里能接受。”

“这很难说吧。”我歪了歪头，“说起来，绫姐为什么要把日记交给唯同学呢？让她恢复记忆有什么好处吗？你不觉得让她就这样把一切都忘了，对她来说才是最幸福的？”

“嗯，也许你说的是对的。”绫姐承认，“可是，我希望她能从客观的立场去回顾自己的人生，从第三者的观点去看看失去记忆之前的自己困在多么离谱的想法中。这是只有记忆消失的现在才办得到的事，不是吗？”

公交车来了。我朝绫姐鞠躬道别后，一脚踩上了公交车的踏板。

“明天你也会来探望她吧？”绫姐在我背后问。

我回头说：“我来有什么意义吗？”

“小阳，我跟你说。”为了不被公交车引擎声盖过，绫姐提高了音量，“我不是为了安慰唯才找你来，我才不是那么好的姐姐。我只是想知道，一个男生如同童话般的善意，在这种沉重的状况下，能管用到什么地步。我只是想看看这样的关系最后会怎么收场。”

司机提醒我要关门了，要我赶快上去。我走进车里，在最近的座椅上坐下，公交车立刻就开动了。

我靠到椅背上，闭上眼睛，回想着会面时和初鹿野说过的每一句话。接着，我默默确定了自己明天还会来。这是一种令人难以抗拒的诱惑。哪怕最后会演变成欺骗初鹿野或是利用朋友的情形，只要一想到又能像四年前那样和她一起亲密地享受时光，我就觉得一切都无所谓了。千草说得没错，我本质上就是一个坏人。

等公交车抵达我家旁边的站牌时，天色已经开始变暗。我走在商店街上，像之前那样听见了公共电话的铃声。我已经很久没有听见这道铃声了，那个女子最后一次打电话来是什么时候？应该是在暑假的第二天晚上吧，那时她用《人鱼公主》向我解释了输掉赌局会付出什么代价。

“你是第一个使出这种招数的人。”我的耳朵一抵上话筒，就听到那个女子傻眼似的说道，“我万万没想到你竟然会冒用别人的名义来接近初鹿野同学……这个方法不太公平啊。”

“找荻上和我同时参加赌局的你，没有资格跟我谈论公平。”我反驳道，“这不就表示无论事态怎么发展，都会有一个人输掉吗？”

“如果你不希望荻上死掉，只要爱她就行了。抛弃她的人是你。”

电话中的女子说得仿佛所有责任都在我身上似的，“那么……深町同学，我趁现在警告你，现在的你对初鹿野同学来说不是深町阳介，而是桧原裕也。即使你们之间因此发展成两情相悦的关系，她爱的终究是有着你的模样像你那样说话的桧原裕也。我不能承认这代表你获胜。”

“嗯，我知道。我假装成桧原不是想赢得赌局，只是想这么做而已。”

她沉默了一会儿，说：“也就是说，你觉得输掉赌局也无所谓？”

“不是这样，我当然怕死。可是，现在能就近看到初鹿野的笑容，我感到非常高兴。要是在这样的时间中迎来结局，倒也不坏。”我这么说着，还笑了起来，“虽然我想你是不会懂的。”

“是吗？”她回答得很冷漠，但声音听起来比平常多了些烦躁，“不管怎么说，你的所作所为完全算是作弊行为，因此，你要受到应有的惩罚。”

“惩罚？”

“今后禁止你在初鹿野同学面前说出自己的真实身份。”她这么宣布，“既然你说你是桧原裕也同学，那么就要当到最后。”

“原来如此，‘被夺走用来报上自己名字的声音’。啊，这可越来越像人鱼公主了。”我仿佛在说不相干的事，“这下子，我真的不可能赢得胜利了。”

“我事先声明，先作弊的人是你。”她冰冷地撂下这句话，“那么，我很期待八月三十一日的到来，假冒桧原裕也同学的深町阳介同学。”

电话挂断了。我放回话筒，再次行走在夜晚的商店街上。

就这样，我必须以桧原裕也的身份，度过剩下的十一天暑假。

第十章 不要错过我

我和初鹿野一起上下学的那段时间，初鹿野家的玄关那儿养着几条金鱼。

那是三条小小的和金（**注:最早传进日本的金鱼品种**），是初鹿野从捞金鱼的摊位那儿捞来的。金鱼缸和小西瓜差不多大，波浪绿的花纹中有着淡淡的蓝色，正是这些蓝色将水草的绿色与金鱼的红色衬得更加鲜明。

当时我一直没走进初鹿野家，但对这三种颜色的对比却记得格外清楚。肯定是因为每次初鹿野出门时，我都不好意思和她四目相对，于是我总是把视线投向后面的金鱼缸。

夏天的时候鱼缸里还有三条金鱼，等冬天来临时就只剩下一条了。然后，最后一条也在他（或是她）来到初鹿野家即将满一年的时候死掉了。对捞金鱼摊位上的金鱼来说，这几条已经算是长寿了，肯定是得到了细心的照料。

也不知道为什么，初鹿野的双亲后来仍然将那个没有金鱼的鱼缸摆在玄关。的确，即使没有金鱼，从窗户射进的阳光照在金鱼缸上，映出的蓝色光影与松藻在水中缓缓摇曳的模样，本身就非常美丽，我知道还有金鱼时的鱼缸是什么模样，每次看到失去了红色的金鱼缸，都会陷入有些悲伤的心情中。

从此以后，每当我感到空虚寂寞的时候，脑海中就会浮现这个比喻:“这不像失去了金鱼的金鱼缸吗？”

*

第二天早上，我搭上了从车站前出发的公交车，前往美渚中央医院。犹豫了一会儿后，我决定不买花。根据我的个人经验，没有什么是比花更难处理的探病礼物了。

公交车上全是老年人，年轻人只有我一个。虽然是开往医院的公交车，不可思议的是没有一个身体状况看起来不好的乘客，但应该不是所有人都和我一样是去探望亲友的。记得我曾看过的一本书里面写道，一名老人被问身体怎么样了，老人就开玩笑地回答："要是身体再好一点，就不得不叫医生来看看啦。"也许眼前的情形就类似这个场面吧。搭上这班公交车的，是一群还剩下足够体力自己去医院的人。

抵达医院后，我没有直接去柜台，而是走向停车场外头的吸烟区。那是一间装了玻璃门的组合屋，应该是很久以前就盖好的，天花板已经油亮泛黄。我确认四周没有人后，在这里抽了两根烟，之后又绕着医院慢慢走了一圈，让心情平静下来。然后，我去柜台申请会面许可证，深呼吸一口气后走向电梯。

当我来到病房时，初鹿野正蹲在床边整理包包里的东西。她今天穿的不是病人服，而是麻质衬衫，搭配了一条款式简单的淡紫色裙子。我叫了一声"初鹿野"，她猛地回过头来，眼神发亮地喊着"桧原同学"，站起身来。没错，不能忘记，在这里我是桧原裕也。

“你今天也来看我啦。”

初鹿野急忙朝我点头打招呼。按照她失去记忆之前的情形，我实在无法想象她会有这种反应，简直和初相识的初鹿野一模一样。

“是啊。你身体怎么样了？”

“完全恢复了。”她坐到床上，对我笑了笑，“还好你上午就来了。要是下午才来，我们就会错过了。”

“错过？你该不会是要出院了？”

“是啊，就在今天早上，我得到了出院的许可。”

这可真是奇怪啊。以前我读过企图自杀者的手札之类的书，根据书上的说法，自杀未遂的人，有一部分会以医疗保护住院的形式，被关进隔离病房数周至数个月之久。再度自杀可能性较高的人，身体甚至会遭到束缚。

从医院这种宽松的应对态度来看，他们应该是把初鹿野的坠海当成不小心发生的意外来处理，毕竟初鹿野本人目前非常平静。或许负责这起事件的人认为，与其对一名才十六岁的少女烙上企图自杀的烙印，还不如当成意外来处理，反而对她比较好。不过也有可能负责人真的以为坠海只是意外。

初鹿野抬头看了看时钟说：“再过一个小时爸爸就会来接我，如果你不介意，要不要搭我们的车一起回去？”

我不太想和她的父亲碰面，但又不想辜负她的好意，只好点头答应：“谢谢，那我就恭敬不如从命。”

我打开立在墙边的折叠椅，放到床边坐了上去。初鹿野想起什么似的双手一拍，打开冰箱拿出两个杯装的水羊羹，把其中一个递给我。我向她道谢，接了过来。

把吃完的杯子和塑料汤匙丢进垃圾桶后，初鹿野呼地叹了口气，说道：

“昨天桧原同学回去后，我一直在读日记。看样子除了桧原同学以外，我还和荻上千草同学以及小学同班的深町阳介同学往来比较密切。”

“是啊，你说得对。”我掩饰住内心的起伏，点了点头。

“我们四个人每天晚上都聚在废墟，一起进行天文观测，对吗？”

“对啊。起初只有你一个人，有一天深町也加入了，隔天又多了我和荻上。”

“每天晚上都碰面，也就表示我们还挺熟的吧？”

“算是吧，虽然不完全是气味相投，但气氛的确挺亲密的。”

“桧原同学，我问你哦，”她直视我的眼睛说，“为什么只有桧原同学肯来探望我，其他两个人却连电话都没有呢？是因为荻上同学和阳介同学已经受不了我了吗？”

从昨天她告诉我日记的存在以后，我早已料到她会问起这两个人的事情。初鹿野读完这半个月以来的日记，对于一同观测天文的另外两名成员非但不现身，甚至完全不联系的情况，肯定会产生疑问，所以我早就针对这个问题事先准备好答案了。

“你想太多了。”我露出微笑安慰她，“首先是深町，他似乎有自己的一套想法，我邀他来探望你，他只说现在最好让你一个人静一静，完全不听我的话。他还想阻止我来探望你呢，也不知道该说他慎重，还是太爱操心。然后是荻上，她说她要当交换生，九月就要搬去加拿大。我听说这件事的时候也吓了一跳。荻上说她从以前就很向往加拿大，仔细想想，她的英文的确比其他科目要好。之所以直到出发前她才透露这个消息，多半是她讨厌道别时哭哭啼啼的。”

初鹿野思索似的垂下视线。经过两次呼吸的沉默之后，她闭上眼睛，露出微笑。

“桧原同学好善良。”

“这话怎么说？”我装傻。

“就是字面上的意思。”

初鹿野决定不再追问这个话题。

“不过该怎么说呢，我总觉得挺意外的。看了日记的内容后，我觉得桧原同学应该更冷漠一点，嘴巴也更坏一点……可是像这样面对面说话，就没有那种感觉。”

“因为是在医院，我才会客气的。”

“你是在顾虑我，怕说话会刺伤我吧？”

我思索着如果是桧原，这种时候会怎么回答。

然后，我这么回答：

“没错。要是你又自杀，我就伤脑筋了。”

结果初鹿野的表情突然一亮。

“你愿意这样坦诚对我，我也会自在很多。”

初鹿野拍了拍自己右侧的空位，要我坐过去。

“这边请。”

我照她的吩咐，在她身旁坐下。由于床边有防止病人摔下床的安全护栏，能坐的空间十分有限，两个人一起坐着，肩膀就会紧紧贴在一起。像这样肩并肩坐在一起，便会异常凸显我和她的身型有多么不一样。我们之间的差异是如此明显，令我觉得我的身体设计图是用直尺和铅笔画的，她的身体设计图则是以云尺和制图笔绘制而成的。与身体构造的细致相反，她的皮肤白得仿佛忘了指定颜色，而我的皮肤在这一个月已经晒成小麦色了。

“桧原同学，请你告诉我。”初鹿野双手并拢放在大腿上，身体微微前倾，从下方看着我的脸，“请把我忘掉的所有都告诉我。日记里的信息总是有限的。”

“不用那么急。”我用开导的语气说，“你现在只需要专心休养身心就行。没有人会催你的，你慢慢回忆就好。”

“可是，我总不能一直给大家添麻烦吧？而且……”

“而且？”

初鹿野默默站起身，手放到窗框上仰望天空。

“说这种话也许会被你骂。”她回过头来，露出仿佛在强调这是玩笑话的笑容，“如果我恢复了记忆，又想自杀，那么这次我不想再失败了。而且，我觉得这是一种解决方法，这样我的烦恼就会消失，也不会有人被我牵着鼻子走了。”

我不由得站起来，抓住初鹿野的肩膀。初鹿野吓了一大跳，缩起身体，但我比她更吃惊。我的意识跟不上我的行动了。喂，我到底想做什么！可是我尚未想明白，身体就先有了动作。等我的双手绕到她的背后，我才总算搞懂自己接下来要犯下什么样的过错，但已经太迟了，下一瞬间我就从正面紧紧抱住了初鹿野。

这个世界上还有什么行为比我现在的举动更卑鄙吗？我竟然冒充别人，抱住自己单恋的女生。这完全是违规的行为，不管找什么借口都没用。等她恢复记忆，一定会非常看不起我。

只是同时我又想到，事到如今我还有什么好在意的，我只剩下十天的时间了。再过十天，我就不得不离开这个世界了。原谅我撒的这么一点谎，也是可以的吧？让我最后获得一点点幸福的回忆，不至于遭天谴吧？

“桧、桧原同学？”

初鹿野像是要寻问我用意似的，战战兢兢地叫了我的名字——不，叫了他的名字。她窘迫得全身都僵硬了，但并未推开我，而是轻轻地摸了摸我的背，想让我镇定下来。可效果完全相反，我的手臂寻求着她的温暖，用更强劲的力道紧紧抱住她的身体。

“你什么都不用想起来。”我在她耳边说，“一个人会忘记一些事，是因为这些事应该被忘记。所以，你根本不用硬逼自己想起来。”

“……是这样吗？”

“就是这样。”

她把脸埋在我胸口，陷入了沉思中。

“可是，我很不安，总觉得自己好像忘记了什么非常重要的事。”

我摇摇头说：“这是常有的错觉。不管是怎样的垃圾，刚失去的时候总会莫名不安，越想越觉得自己丢掉的这个东西是无与伦比的宝物。可真要去翻垃圾桶，把东西找回来一看，就会发现那终究只是个垃圾。”

初鹿野难受地扭动着身体，我这才注意到自己的手臂正以超乎想象的力道勒着她，于是赶紧放松力气。

“这种力度就不要紧。”初鹿野安心地放松身体。

“我很抱歉。”我先道歉，然后继续说下去，“其实人多多少少都是一边忘记一些事情一边活下去的。什么都记得住的人，只有那么一小撮而已。可是谁也不会抱怨这一点，你知道为什么吗？我想这是因为，大家都知道，到头来所谓的回忆只不过是奖杯或纪念品，当下这一瞬间才是最重要的。”

我慢慢松开紧紧抱着初鹿野的手，她摇摇晃晃地往后退，瘫坐在床上，然后恍惚地看着我。几秒后，她忽然回过神来，像是在担心刚刚被人看见了一样，慌张地四处张望。看到她慌乱的模样，我感到非常新鲜，忍不住笑了起来。

“初鹿野，现在可是暑假，而且不是普通的暑假，是十六岁的暑假。你不觉得与其烦恼失去的记忆，不如好好享受当下才是明智的选择吗？”

初鹿野盯着自己的膝盖，思考我说的话。

过了一会儿，她开口说：

“……也许桧原同学说得没错，可是说要享受当下，我还是不知道具体要做什么。”

我立刻回答：“我会帮你。不，让我帮你吧。”

初鹿野被我反应的速度吓了一跳，连连眨眼。

“我有个很单纯的疑问。”她拨弄着头发问道，“你为什么愿意为我做到这个地步？”

“要我告诉你也行，但是我想，你听到答案多半会后悔问这个问题。”

“没关系，请你告诉我。”

“原因很简单，因为我喜欢你，不是朋友间的喜欢，而是对一个女生的喜欢。所以，我想尽可能帮你。这样你就有可能喜欢上我，哪怕只有一点点。”

啊，我到底做了什么啊！真是服了我自己，冒用朋友的名字哄骗女生，还趁机说出以往无论如何都不敢表白的话。我所做的和那些利用自己在公司或大学的地位，还拿“喝醉了”这种借口去追求女生的人没什么两样。

“等一下，请你等一下。”初鹿野露出既像愤怒又像快哭出来的复杂表情，慌张地说，“可是……这本日记里写着，桧原同学喜欢的好像是荻上同学……”

“那只是日记主人的想法吧。其实不是这样的，从我认识你的那一天起，我就深受你的吸引。”

初鹿野张开口，想要说些什么似的，但这些话尚未通过喉咙就七零八落了。她等着这些碎片重新聚成一个形状，然而一度失去的语言不会再回来了。

初鹿野开始酝酿新的话语。直到某个阶段，她仿佛确定了什么似的睁大眼睛，抬起头来。她双手撑在床上站起身，然后朝我倒来。我下意识地接住她苗条的身体，牢牢抱住她。

“我决定不再去想过往的事了。”初鹿野弱弱地说，“反正不会有什么回忆能比现在更美妙。”

我像夸奖小孩子似的摸摸她的头，说：“对，这样就好。”

仿佛要确定我的存在一般，初鹿野在我怀里连连喊着“桧原同学、桧原同学”。每当她这样呼唤这个不属于我的名字，我的胸口就一阵绞痛。

初鹿野松开抱着我的手，擦去眼角的眼泪。风从窗户吹进来，拂动她的头发。紧接着，一阵阵蝉鸣声回到我耳中，好像静止的时间又开始流动一样。在这之前，我只听得见初鹿野的声音。

“桧原同学，请你帮我。”初鹿野一只手按住飘起的头发，“请你让我有个美好的十六岁暑假，哪怕只有最后十天也好。”

“好，包在我身上。”

我紧紧地握住初鹿野伸出的右手。

直到她父亲来接我们，我们都不曾松开。

*

翌日，我收到一封信。从信箱口抽出信封，翻过来看到寄件人的名字时，我倒抽了一口凉气。

是荻上千草寄来的信。

这不是死人寄来的。信封的边角上贴着指定寄达日期的贴纸，邮戳是八天前的。八月十四日是千草劝我放弃初鹿野的那天。八月十五日，千草把记载了初鹿野过去的信交给我。看来除了那封信，她还留下了另一封信。

机会明明多的是，千草为什么不直接把这封信交给我？她是考虑到在和我说话前就死去的可能性，以防万一才事先寄出一封信吗？可是，即使真是如此，她为什么非得指定在八天后送达呢？

为了找出答案，我回到房间打开信封，拿出一张折好的信纸。这张信纸特别眼熟，和我在十五日那天收到的信纸一样。我坐在椅子上阅读信纸上的内容。

“相信深町同学一定很奇怪，为什么会在这个时间点收到我寄的信吧？”信以这句话作为开场白，“老实说，我也不太明白。场面话是我认为八月十五日深町同学应该还在为初鹿野同学的自杀未遂以及我的消失而心神不宁，我不应该在这个时候打扰你，所以要隔几天，但说不定我的本意是希望这封信最好不要送到深町同学的手上。原因是这封信上写着能让深町同学和初鹿野同学两个人都活下来的方法。”

我把这段话反复看了三次，确定自己并没看错，信上确实写着“让深町同学和初鹿野同学两个人都活下来的方法”。

我按捺住急切的心情，闭上眼睛深呼吸。

然而这段话还没结束：“只是，从某个角度来看，这算是我的妄想，我没有任何依据。即使我的设想完全没错，你们都能活命的可能性也不到百分之一。所以，请你不要太过期待。”

信写到这里空了一行，另起了一行开头。这表示从这里开始要进入正题了。

“我曾经和电话中的女子交谈过五次。电话大部分是在晚上打来的，只有一次是在傍晚响起的。那是七月二十九日的十七点整。我为什么连时间都记得很精确，那是因为我接起的时候，话筒另一头传来十七点整的报时声。钟声听得很清楚，表示她离喇叭相当近。”

这么说来，我才想到过去和电话中的女子交谈时，都没怎么注意她背后的声响。如今回顾过去，我察觉到和她讲电话时，经常听到类似风声的杂音。

“我先从结论说起，那个女子就在镇上的某个地方。”信还在继续，“当时我听见的报时声，明显是《人鱼之歌》的旋律。除了美渚町以外，没有其他地方会采用那首歌作为傍晚的报时声。还有一点，我听到的不只是《人鱼之歌》。在电话快要挂断时，我还听见话筒另一头传来了列车刹车的声响，大概是在十七点过五分。深町同学也知道，经过美渚町的铁路只有一条，列车班次又非常少。能够在那个时间，在近处听到报时声与列车刹车声的地方，实际上是非常有限的。”

我吞了吞口水，汗水从我的额头滴到信纸上。

“那么，在这里我就提出一个太过美好的假设吧：那个女子一定会用同一部公共电话打给我们。当然我没有依据，只是觉得每次听到的杂音都差不多，真是如此也不奇怪……如果按照这个掺杂着期望的观察推论下去，就会得到一个有意思的地方。十七点的报时声，十七点五分的列车刹车声——能把这两种声音都听得很清楚的公共电话所在地，整个美渚町内只有四五处。”

我心想，可是……

知道这点又怎样？

“也许知道这点还是无济于事。”千草这么写道，“即使查出那个女子打电话的地方，而且在她打电话的时候，深町同学还十分凑巧地正好在场，我也不觉得对方会答应和我们交易。不，岂止是拒绝，甚至有可能会惹火那个女子。又或者电话中的女子其实没有实体，只是一种概念上的存在，就算找遍整个地球都找不到。不管怎么说，尝试找出她，十有八九会徒劳无获，无论怎么努力，都有可能会变成虚掷剩下的时间。可是，与其什么都不做地迎来结局，这么做会不会多少好一些呢？当然最好的方法，是以正当的手法赢得这场赌局。但考虑到初鹿野同学的现况，我觉得这个方法并不实际。当深町同学收到这封信时，初鹿野同学未必还活在这世上。只是，即使初鹿野同学承受不了罪恶感而试图自杀，电话中的女子也有可能会为了继续和深町同学的这场赌局而选择救活她。”

最后，这封信是这样结尾的：

“我还有一大堆事情想告诉你，但我打算见面亲口告诉你。照理说文字应该比口头更能准确地传达事情，但每个人最终还是会比较相信口头的说法，真是不可思议。也许关于言语的正确性反而没那么重要。我就期待着我们明天——对深町同学来说是八天前——能够见面吧。”

我把这封信反复看了四遍之后，折起来收回到信封里。

千草直到最后都在挂念我的安危，让我相当高兴。相信正如她本人所说，尝试寻找电话中的女子，十有八九会徒劳无获。即便真的歪打正着地找到那个女子，昨天才因为“作弊”而受罚的我，不管说什么肯定都是白说，怎么想都不觉得自己有交涉的余地。更重要的是，就像千草所说的，那个女子未必是个实际存在的人物。

不管从哪个观点看，要在剩下的十天内找出电话中的女子请她放我离开赌局，希望都非常渺茫。与其把剩下的时间赌在这万中无一的可能性中浪费掉，我更希望能把这些时间用在初鹿野身上。

我已经受够孤注一掷的赌博了。

我把信封塞进抽屉深处，走出家门。

直到这时候，我才想起有件事忘了问电话中的女子。那一天她之所以安排机会让待在家里的我和待在茶川车站的初鹿野通电话，到底有什么意图？是想给我微微的希望，好加深我事后的绝望吗？电话中的女子对此没有任何说明，我总觉得怪怪的。虽然不知道该怎么形容才好，总之就是有什么地方我不能理解。

*

我在列车上摇晃了三十分钟后，出站转乘公交车。在旧国道走了十分钟左右，我下了车，手里拿着地图在河畔的住宅区里又走了二十分钟，才总算抵达初鹿野祖母的家。

这是一栋非常老旧的两层木造住宅，瓦制的屋顶到处都有破损，叠接的外墙越往高处油漆剥落得越多，厨房裂掉的磨砂玻璃则用胶带修补过。通往玄关的路上有长得较高的树木枝叶形成的隧道，弯腰钻过隧道来到门前，就能闻到一股线香、米糠酱菜、炖菜、煎鱼和灯心草混杂的独特气味。换句话说，就是老人家里会有的味道。

昨天初鹿野和我分开前，交给我一张画着如何走到她祖母家的地图。

“他们禁止我一个人外出，所以我很难主动去见桧原同学。虽然很过意不去，但可以请你过来见我吗？”

我说我当然会这么做，初鹿野就露出安心的微笑。

初鹿野说她接下来得在祖母家过上一段疗养生活。这里没有任何会刺激到她的事物，也不用担心遇到认识的人而找回记忆。另外，根据我向绫姐问来的消息，初鹿野在失去记忆之前，很亲近独自住在这个家里的祖母，还说初鹿野历经那空白的四天导致性格大变之后，仍会定期独自去祖母家拜访。相信初鹿野的父母是把这件事也考虑进去，才会认为祖母家最适合她进行疗养吧。据说初鹿野的祖母虽然和她的儿子、儿媳妇合不来，但对孙女还算愿意敞开心房。

按下门铃后，我听到地板咿呀作响。过了一会儿，玻璃门拉开了，里面走出来一名七十来岁的瘦削女性。她的头发全白了，皮肤满是皱纹，腰杆却直得惊人。仔细看会发现，她脸上左右两边的皱纹不太一样，右眼看起来像在瞪我，左眼则像在以中立的角度观察我。她紧抿着嘴角，给人一种和年纪不符的聪慧的印象。

这个人就是初鹿野的祖母。

我正要开口说明自己是什么人，她摇了摇头。

“事情我都听绫说了，进来吧。”

初鹿野的祖母说完这句话后，转身走进屋里，大概是要我跟过去。我说声“打扰了”就走进玄关，关上拉门，脱掉鞋子跟上她。在走廊上每踩一步，胶合板做的地板便会咿呀作响。

初鹿野的祖母拉开纸门进入和室后，在矮桌前坐下来。她看我不自在地呆站在纸门前，一脸吃惊的表情说:“你站在那里做什么？坐下来吧。”

我在矮桌前坐下，问道:“请问唯同学呢？”

“还在洗澡。她昨天大概是累了，一来到这里马上就睡着了。”

她说完，忽然想起什么似的站起来走了出去，把我独自留在房间里。

我环顾了一下屋内的摆设，最先映入眼帘的是巨大的佛坛，佛坛上左右对称地放着两个小西瓜与带皮的玉米。落地窗旁放着一张藤编摇椅，上面扣着一本看到一半的书。年代久远的柜子上放着两尊收在玻璃盒里的日本人偶，门上方的横杆上挂着一个月历，页面停在五月没再翻过。房间收拾得很干净，但看起来不像有频繁打扫，比较像因为不怎么在这里生活，自然而然变成这样的。

初鹿野的祖母很快就回来了。她把麦茶倒进玻璃杯后递给我。我道谢后接过来喝了一口，然后问道："可以问一下您的名字吗？"

"初鹿野芳江。"她回答，"门牌上不是写着吗？"

"请问芳江婆婆是怎么听绫姐说的？"

"不就是我那个傻孙女去跳海，失忆后又回来了？然后就说由我照顾她。"

"原来如此。"既然她已经知道了这么多，在她面前应该就不用顾虑太多，"顺便问一下，她是怎么说我的？"

"说是个闲着没事特地给自己找麻烦的男人。"芳江婆婆的嘴角扬起一毫米，"绫好像挺中意你的。"

芳江婆婆一瞬间露出的表情，和绫姐笑起来的时候一模一样。绫姐一定很像这位婆婆，我想。

而且绫姐应该没把"我其实是披着桧原裕也皮的深町阳介"这件事告诉给芳江婆婆听。她在这方面拿捏得很好，我冒名顶替的事还是别让芳江婆婆知道，这样在各方面都比较好办。

芳江婆婆从桌上的香烟中抽出一根，用火柴点燃。熟练地将火柴熄灭、丢进烟灰缸后，她深吸了一口，然后缓缓吐出大量的烟。

"要吃点什么吗？"

"没关系，不用了。"

接下来直到芳江婆婆的烟抽完，我们都没再开口。帘子另一头传来风铃摇动的声响，仔细一听，走廊的另一头还传来淋浴的水声。两种声音都很清凉，但房间里其实非常闷热，因为佛坛旁边那台沐浴在阳光底下的电风扇并没有开启，这个房间也没有空调。

尴尬的沉默持续了许久。由于纸门上方的挂钟出了故障，我不知道过了多长时间，但感觉已过了二十分钟以上。就好像被关在这房间里的老旧时间趁此机会冲了出来，填补了初鹿野现身前的空当。

芳江婆婆细心地把抽完的香烟熄灭后，单手撑在矮桌上，托着下巴说："我需要一个看守。"

"看守？"我问。

"就是看守唯。"芳江婆婆换了一种说法，"如果唯的记忆突然恢复，要是身边一个人都没有，她也许会马上想把失去记忆前的事情做完。"

我点点头。

"可是，我没办法二十四小时照看她，她应该也不希望这样，我和她都不喜欢如此拘束……所以，在我没有办法看着唯的时候，就由你来看着她，如何？"

"好的，我本来就这么打算的，白天就包在我身上……"

"好，就这么说定了。"她一脸"就等你这句话"的表情，意味深长地笑了，"你现在回家拿换洗的衣物和洗漱用品吧。"

我的理解速度跟不上事态的发展，我不由得疑惑地歪了歪头。

"呃……请问是什么意思？"

“你不是愿意当看守吗？你姓桧原是吧，从现在开始你被我雇用了。虽然我只出得起和零用钱差不多的酬劳，但相对的，三餐我都会给你做好吃的。只要到暑假结束就好，麻烦你待在这个家里，近距离看着唯，别让她动什么不好的念头。”

“您是认真的吗？”我忍不住问。

“要让年轻男女同住一个屋檐下，我当然也会抗拒。可是……绫帮你做保证了。”

“您问过初鹿野的意思吗？”

“我这就问。”

正好这时走廊的地板传来咿呀声响，然后纸门被拉开。初鹿野穿着宽领T恤与短裤，一只手拿着浴巾站在门后。

“奶奶，热水器可能出故障了，淋浴头只出冷水……”

初鹿野说到这里就没声了，看到我“哇”的一声尖叫，退到走廊上。

“桧、桧原同学？你已经来啦？”初鹿野在纸门后这么说道，“对不起，可以请你在那边等一下吗？我马上就好。”

“我好像来得太早了一点，要不要我去外面等？”

“不用，你在那里等着就好。真的马上就好。”

我听见初鹿野慌慌张张地跑上楼。

她离开之后，四周仍然留有甜美的香皂气味。

“钱就不用了。”我说，“能得到待在初鹿野身边的权利，由我付钱都不过分。等初鹿野回来，我就和她打个招呼，然后马上回家拿行李。”

“你肯接下这份工作是吧？”

“是的。还请多多指教，芳江婆婆。”

“哼。”

芳江婆婆哼了一声，闭上眼睛。她这个样子和绫姐一模一样，果然是和初鹿野姐妹有血缘关系的人啊。

过了二十分钟左右，初鹿野再度现身，先前的居家穿着已经换成了有领子的无袖衬衫。她的头发还没干，带着微微水汽。

“久等了。”她在矮桌前坐下，心神不定地看看我，又看看芳江婆婆，“你们在聊些什么？”

我暗中朝芳江婆婆使眼色，但她明显地移开目光，仿佛在说“你自己解释”。

考虑了一会儿，我问道：“初鹿野，如果我接下来要在这里住上一段时间，你怎么想？”

“咦……”初鹿野张大嘴巴，僵了好几秒，“这是怎么回事？”

我不知道怎么回答，总不能坦白说“是婆婆拜托我看着你别自杀”吧。我再次朝芳江婆婆送出求救的视线，她只好一副拿我没辙的表情开口了。

“是我请他住下来的。因为家里有很多事情需要人帮忙，像是打扫，还有采买东西之类的，我正缺苦力。而且有这小子在，唯也不会无聊吧？”

“话是这么说没错，可是太突然了……”初鹿野用小得几乎听不见的声音这么说。

“哎呀，你不喜欢吗？今天早上你不是还那么期待这小子来？”

“奶奶，不要说啦……”初鹿野双手食指比叉，阻止祖母发言，“呃，我是没关系，只是怕这样会给桧原同学添麻烦。”

“那就说定了。”芳江婆婆心满意足地点点头。

我对初鹿野说：“我要先回家一趟拿需要的东西，三个小时内应该回得来，希望你在这里等我。”

“嗯，好的，我送你到搭公交车的地方。”

初鹿野朝芳江婆婆瞥了一眼，像在征求她的同意。

“去吧。”

芳江婆婆仿佛要赶我们走似的挥了挥手。

一走出家门，初鹿野立刻问我：

“说真的，你们谈了些什么？”

“我被雇用当你的看守。也就是，该怎么说呢……”

我正思索着要如何蒙混过去，初鹿野就露出了微笑。

“嗯，毕竟我是自杀未遂的人嘛，难怪奶奶会担心。”

“你能这样想，我就好办了。”

“桧原同学。”初鹿野腼腆地说，“既然你被雇用来当我的看守，可要时时刻刻地看着我哦。”

“嗯，只要你不讨厌的话。”

“那当然。桧原同学，你会讨厌这样吗？”

“怎么可能？不管是以什么形式，只要能继续待在你身边，我都很开心。”

初鹿野停下脚步，踮起脚尖，摸了摸我的头说：“真乖。”我有种怀念的感觉。小学的时候，她会经常这样摸我的头。即使失去记忆，这种习惯还是保留下来了啊。

我在站牌前和初鹿野道别，然后又花了一个小时左右回到自己家中。家里没有一个人在，我写了一张便条放在茶几上，说要在朋友家住个十天左右。初中的时候我曾频繁地在桧原家过夜，相信爸妈不会觉得奇怪。我犹豫了一会儿要不要把千草寄来的信带去，但难保不会被初鹿野阴差阳错地看到，所以我决定把信留在家里。把必需的换洗衣物和洗漱用品装进包里后，我快步走出家门。

正午时分我回到了初鹿野的祖母家。吃过放满配料的中华凉面后，芳江婆婆要我们打扫家里。所有有水的地方都由芳江婆婆负责，和室、书房、储藏室、走廊与楼梯则由我和初鹿野合力打扫。我们换上不怕脏的衣服，准备好装肥皂水的水桶与装清水的水桶，把所有房间的窗户都擦了一遍。水桶的水转眼间就全黑了，我们得反复去换水。

擦完窗户后，我们拿起掸子，把整个房间的灰尘都掸掉，接着用扫把将灰尘扫到一起后倒掉，再用抹布擦拭每一块榻榻米。提前准备好的垃圾袋里装满了棉絮与灰尘，光是看到就让人想打喷嚏。

“感觉好像真的被雇来当帮佣了。”

初鹿野看着正跪在地上擦榻榻米的我，眯起眼睛说道。

初鹿野早已习惯打扫和室，教了我很多要领，例如最好用扫把顺着榻榻米的缝隙扫过，还有榻榻米很怕水，等等。即使丧失记忆，有关打扫步骤之类的事情她却记得清清楚楚，不由得让我心生疑问。她停下动作，“唔”的一声思索起来。

“我也不太清楚。只是这几年新学到的知识，还有怎么去高中，这些我几乎都想不起来。所以我想，我大概只是忘了这几年所发生的事。应该不是记忆性质的问题。”初鹿野说。

“你能记起到什么时候的事情？”

初鹿野看着空中，翻找起自己的记忆。

“我能清楚想起的，差不多是到初中一年级的秋天或冬天吧。从那之后到现在的记忆，全消失了……我想我的人生，就是从那阵子开始变得不顺利吧。”

我震惊地抬起头来，说：“这么说来，现在的初鹿野实际是个初一的学生？”

“严格来说不是，不过这样看我大致没什么问题，桧原学长。”

初鹿野说完嘻嘻一笑。

我们擦完走廊和楼梯，最后去打扫玄关。我们先用扫把扫掉沙尘，然后洒水，再用刷子用力刷洗地板。水很快就变得浑浊。我们把打扫用具收进储藏室后回来一看，芳江婆婆也打扫得差不多了。

大扫除刚结束，芳江婆婆就拿了竹篮给我们，要我们去采摘家庭菜园里的蔬菜，例如长满小刺的小黄瓜，发出青草味的西红柿，须很长的玉米。要用的菜都摘完后，接着是帮花浇水。我用接了水管的洒水器，朝许多连名称都不知道的植物洒水。庭院里因而出现了一道小小的彩虹，初鹿野开心得直拍手。我关掉水龙头，把水管卷回去时，还听到了水从枝叶滴下的声响。

晚餐用了大量现摘的新鲜蔬菜。吃完饭、洗完碗后，芳江婆婆坐在窗边的摇椅上翻开晚报。我和初鹿野在一旁等她下达下一道指令，芳江婆婆却说：

“今天你们自由了，爱去哪儿就去哪儿吧。”

我们面面相觑。“要不要先出去再说？”初鹿野问，我表示赞成。

我们没决定要去哪里，只是并肩走在黄昏的镇上。临近夏季尾声，围绕整个住宅街道的树林里，活得仓促的暮蝉们正进行着大合唱。明明还不到七点，四周已染上鲜艳的夕阳。这不是在大都会里看见的那种火烧似的红色夕阳，而是一种会从所有事物中悄悄夺走现实感的橙色夕阳。

我们就在这宛如置身于久远回忆中的风景里，漫无目的地走着。在商店门口的长椅上坐下，喝着从店里买的弹珠汽水时，我发现了一件事。

我回想了一遍，从走出家门到现在大约三十分钟里，初鹿野不曾走过我的右侧。虽然不知道她是有意还是无意的，但多半是不想让我看见她有胎记的那一边吧。

一旦注意到这点，接下来我还陆续发现了许多她的小心思。例如初鹿野对我说话时，不太会改变脸的角度，似乎是想极力遮住胎记。另外在擦拭额头的汗水后，她一定会把刘海拨回到左边，谈话过程中还会时不时无意义地用左手捧着脸。

我并不觉得她这样很神经质，因为以前和初鹿野在一起的时候，我也会时时待在她的右侧。我希望尽量让她记住我比较好看的部分。

初鹿野打开弹珠汽水的瓶盖，取出弹珠，用大拇指和食指拿着弹珠对着夕阳。我学她的样子仔细地看着弹珠。在这小小的镜头中，上下颠倒的景色里，我看见了橘色的海。

“天黑得越来越早了。”我说。

“毕竟八月快要过去了。”初鹿野在长椅上摇晃着双脚回答，“再过不到半个月，连这些蝉鸣声都会消失吧。”

初鹿野从长椅上站起来，把弹珠汽水瓶丢进回收桶，然后转身对我露出微笑。

“可是，白天变短是一件好事。”

“初鹿野喜欢晚上吗？”

“嗯，因为我可以忘记自己的胎记。”

“我倒是很喜欢你的胎记。”

“谢谢你。可是，一定也有很多人讨厌这胎记。”初鹿野的左手轻轻捂着脸颊，“我就是其中之一。”

我们重新开始散步。太阳下山后，地表仍残留着闷热的热气。为了寻求凉意，我们走进最近的一家超市。店内异常昏暗，冷气吹得令人生厌。我们在卖场里绕了一圈，然后爬上楼梯，穿过游乐场，去到屋顶的停车场一看，天已经全黑了。周围没有其他比较高的建筑物，从屋顶的边缘看去，可以将住宅区里的零星灯火尽收眼底。

时间缓缓流逝。我们的手肘撑在因油漆剥落而有点刺手的栏杆上，看着这片小小的夜景，漫无边际地闲聊。待在夜晚的屋顶上，我无法不想起我们四人聚在废墟观测天文的那些日子，但我努力不让这些痛苦或难受表现在脸上。

初鹿野在糕点卖场买来了樱桃麻糬，正用牙签插着一块接一块地送进嘴里。我泰然自若地看着她，她好像有所误会，用牙签插起一块樱桃麻糬递过来，说道："桧原同学也要吃吗？"我正想伸手去接，她直接把牙签送到我的嘴边。她的举动是那么自然，让我也理所当然地张开嘴巴。我感觉就好像回到了四年前，当时她也是一脸若无其事的表情，做出让我吓破胆的事。

"差不多该回去了吧？"

初鹿野说完，插起最后一块麻糬。也许是牙签没插牢，樱桃麻糬从她手上掉到栏杆外，被夜风吹落到地上。

我们回到芳江婆婆家后，听她说热水器真的出故障了，只好拿着木头澡盆和毛巾前往附近的收费澡堂洗澡。我们各自付了三百日元给柜台的老人，说好一个小时后会合，然后分开了。由于热水实在太烫，我泡了不到三十分钟便出来了。

在初鹿野回来前，我坐在电风扇前面呆呆地看着电视。电视上正在播放半个月前发生的现金抢劫案的特集，其中一名犯人的脸上包着类似绷带的东西，新闻节目为图方便，就称之为"木乃伊男"。我胡思乱想着，这还真是一起很有夏日风情的案件。

初鹿野在约定的五分钟前回来了。她买来水果味的牛奶，匆忙在我身旁坐下，看着电视，什么也没说。初鹿野喝完牛奶后，把瓶子放回自动贩卖机的回收箱里，似乎想到了什么，站到我背后用双手轻轻揉着我的头发。我也依葫芦画瓢地揉她，她害羞地笑了。

凉爽的夜风中，我们优哉游哉地踩着凉鞋回去，到家后，就从橱柜里拿出棉被，各自铺好床。芳江婆婆睡在二楼的寝室，我和初鹿野睡在一楼的和室，两人之间只隔着一道纸门。

芳江婆婆趁初鹿野蹲着点蚊香时，在我耳边小声说："丑话说在前头，这栋房子里只要有一点声响，我就会听得清清楚楚，你可别动歪脑筋。"

我耸耸肩膀，说道："我知道。"

芳江婆婆拉上用来间隔的纸门，上了二楼。我关掉电灯，躺进被窝里。由于白天被使唤做了很多事，我的身体已经非常疲惫，但光是别人家的气味就能让我心神不宁，再想到初鹿野就待在几厘米外的纸门的另一头，我愈发清醒，毫无睡意。

我闭上眼睛，专心听着单调的虫鸣声，等待睡意的来临。这时，初鹿野在纸门后小声地叫了我一声。

"桧原同学，你醒着吗？"

"我醒着。"我也小声回答。

"你不觉得这样很像修学旅行吗？"

"要玩丢枕头吗？"

"这是男生会想到的主意呢。"

初鹿野笑得很开心。她似乎是待在离纸门很近的地方说话。要是说话声传到二楼就不好了，所以我也靠近纸门，尽可能放低音量。

“那么，女生会想到什么主意？”

“那还用说？女生会聊自己第二喜欢的男生啊。”

“第二？”

“对，第二。因为最喜欢的对象绝对会和别人重复，要是遭到竞争对手的敌视会很困扰，所以为了避免这种情形，大家绝对不会说自己最喜欢的男生是谁。至于第二喜欢的对象，即使和别人重复气氛也不至于变得剑拔弩张，所以，有时候只有班上最受欢迎的男生，一次都不会被大家提起。”

“这个想法真有意思。”

“是真的啦。我周围就有几个早熟的女生在小学毕业典礼的前一天向男生告白，可是每个人告白的对象都和修学旅行里所说的‘喜欢的男生’不一样。”

“也就是说，修学旅行里聊的那些话，其实是在刺探彼此的底细吗？”

“就是这么一回事，傻乎乎地说了实话也没有任何好处。不过这只是小学时的情况，初中的修学旅行又是如何，我就不清楚了。”

我停顿了一次呼吸的时间，然后说：“那么，初鹿野在小学的修学旅行里，也说了自己第二喜欢的男生吗？”

“那是秘密。”

“都是小学的事情了，不用保密吧？”

“不行。因为现在的我，脑子还是初中生。”初鹿野的声音越来越小，之后故意扯开话题似的问我，“男生是什么情形呢？总不会从回到寝室起直到就寝的一个小时里，一直在互相丢枕头吧？”

“男生也没什么两样啊，大家第一天都在说自己喜欢的女生……只是我们说的，倒不是第二喜欢的对象。”

“你们都老实说出最喜欢的女生是谁吗？”初鹿野显得很吃惊。

“老实这个词可能有点语病。我不知道男生一般是不是都这样，但我周围那些家伙都是说‘我没有看上哪个女生，但如果一定要说，大概就是她吧’，然后说出最喜欢的女生的名字。”

只不过当时的我并未加入谈话的圈子，而是自己一个人钻进被窝里。

“男生真可爱。”初鹿野说。

“也是啦，和女生那样比起来，也许还算可爱的。”

初鹿野颇有深意似的小声清了清嗓子，然后问：

“桧原同学，你有没有看上哪个女生？”

“我没有看上哪个女生，但一定要说，大概就是初鹿野吧。”我笑着回答她，“你呢？”

“我喜欢阳介同学。”

这一瞬间，我产生了一种被她看穿真面目的错觉，背脊发凉。但仔细一想，就知道不是这样。对现在的初鹿野来说，身边的“男生”只有桧原裕也和深町阳介，她只是把这两人当中未被选为第一的那个人列为“第二喜欢的男生”说出口。

即使只是这么一句从对话中偶然产生、没有意义的话，能从初鹿野口中听到“我喜欢阳介同学”，仍然让我欢喜。我把她这句话牢牢记在心里，不只是文字和旋律，连抑扬顿挫都仔细记住了，还附上了听见这句话时我心中所产生的幸福错觉。

这时，我忽然想起电话中女子说过的“惩罚”。当时她说“今后禁止你在初鹿野同学面前说出自己的真实身份”，但除此之外，没有更进一步的解释。可是，即使不直接揭露自己的身份，仍有很多的方法可以让初鹿野知道我是深町阳介。若使用这种间接的手段揭晓我的真面目，也算是犯规的行为吗？话说回来，那个女子用“禁止”这个词，背后又有什么含意？只是单纯意味着她对这种行为设下了罚则？还是说——就像《人鱼公主》里的女巫所做的那样——意味着她让我根本不可能在初鹿野面前揭露自己的身份？

我决定用一个暧昧的手段来测试一下。步骤是这样的，我会问初鹿野小学的时候，家里是不是有养金鱼。如果她说有，我就说中金鱼的名字叫作“火乃子”。如果她问我怎么知道的，我就坚称“因为我觉得会叫这个名字”。这样一来，就不是我直接揭露自己的身份，而初鹿野则会纳闷我为什么会知道金鱼的名字。当然只是这样，并不能作为我就是深町阳介的证据，但可以成为让她起疑的契机。

我准备将这个计划付诸实践。

“初鹿野，我说啊。”

“什么事？”

“你小学的时候——”

这一瞬间，我的喉咙出现了一阵剧痛。那是一种像被人用烧红的火钳插进喉咙里乱搅一通似的剧痛。我的喉咙哽住，连哀号都发不出来，只能直冒冷汗，忍受着这种痛楚。

“你怎么了？”初鹿野从纸门另一头问，“是哪里在痛吗？”

我很想说不要紧，让她安心，但我既无法回答问题，也无法动弹。大概是听不到我的回答而不安，初鹿野轻轻拉开纸门问：“桧原同学，你怎么了？”看到我按住喉咙缩起身体，她来到我身边坐下，一边问着你还好吗，一边担心地伸手一遍又一遍地抚摸我的背。

痛楚虽然剧烈，但并未维持太久，不到一分钟就渐渐消退了。这一分钟里，我流了令人难以置信的大量汗水，上衣都湿透了，喉咙也十分干渴。

“……我已经没事了，不好意思让你担心了。”我对初鹿野微笑，“我去喝口水。”

我站起来，她担心地跟了过来。

“真的不要紧吗？不用去医院吗？”

“嗯，我只是脚抽筋而已。”

我在厨房喝了三杯水，心情变得平静一些。

返回到和室后，初鹿野仍然在我的被窝旁一直问：“你还好吗？会不会痛？”即使我说自己已经完全没事了，仍无法让她安心。过了三十分钟左右，她总算从我身边离开，回到自己的被窝里。

“晚安，桧原同学。明天见。”

“嗯，晚安。”

我离开纸门，回到自己的被窝里，重新闭上眼睛。

尽管最后起了些波涛，但整体而言，我这一天过得非常非常幸福。我在渐渐沉没的意识中想到，要是明天、后天、大后天都是这么幸福的日子就好了。只要能够如愿，我愿奉上所有的幸运，反正我只剩下几天的性命了。我并不奢求更多的幸福，只要到这个暑假结束为止都能过着像今天这样和初鹿野相视而笑的日子，我便心满意足。

可惜这个世界就是会把改变给予祈求稳定的人，把稳定给予祈求改变的人。完全的平静在这一天就已经结束了。翌日，在我一会儿没看着她的空当，初鹿野就听见了一个万万不能听见的声响。

没错，那就是黑暗中响起的电话铃声。

第十一章　这只是一个幸运的魔咒

异状发生在我住在初鹿野祖母家的第三天深夜里。我在生锈的台灯下翻开羽柴先生送我的书，一页一页地翻看着，就听见初鹿野在纸门后喘息。

那是一个非常闷热的夜晚。起初我以为她是睡不好才醒来，但过了一会儿又听见她深呼吸，声音颤抖着，不由得让人想起暴风雪中山间小屋里等待救援的被困者,不知道她是不是做了很可怕的梦。

我正犹豫着该不该去看她，就听到纸门拉开的声音。不是隔着我与她的纸门，而是通往走廊的纸门。我听不见脚步声，但初鹿野应该是离开了房间，不是去厨房喝水，就是去洗手间吧。

结果过了五分钟，初鹿野还未回来。我听见窗外的风铃声，总觉得心神不宁，便放下书本，关掉台灯，走出了房间。我小心翼翼地走过走廊，避免发出声响。这时我看到玄关的门开着没关，夜风从门口灌进来。

我穿上凉鞋跑到室外，立刻就找到了初鹿野——不，应该说她找到我会比较贴切。初鹿野靠着石墙坐下，仰望着夜空，一看到我就一副已经等了几个小时似的模样，微微地叹了一口气。

“你总算发现了。”初鹿野闭上眼睛笑着，那是一种令人心痛的强颜欢笑,“你应该把我看紧一点。昨天还有前天，我都在深夜偷偷溜出来了，你不知道吧？”

“嗯，我不知道……我这个看守太失职了。”

我在初鹿野身旁坐下，竖起食指确定初鹿野是在上风处，才拿出香烟点着。

多亏路灯的灯光，让我并未忽略她的眼睛红红的。

“丧失记忆以前的初鹿野，也常常像这样仰望夜空。”我吐出第一口烟，开口道，“她是一个很喜欢星星的女生，看来这点到现在还是一样。”

“嗯，好像是。”

她的回答有些心不在焉。

“你做噩梦了？”我问。

“好厉害，这都能猜到。”初鹿野双手手指交握，睁开眼睛回答我，“你是怎么想到的？”

我没有回答这个问题，而是问：“你昨天和前天也都是做了噩梦才醒来吧？”

“嗯。”

“是什么样的梦？”

初鹿野摇摇头，站起来拍掉衣服上的灰尘。

“我已经忘记了，只记得很可怕。”

“……这样啊。”

“桧原同学，既然都醒了，我们散散步吧？”

初鹿野说完，不等我回答就迈开步伐。我也站起来跟上她。

她所做的梦，多半是和失去的记忆有关。连续三天都被噩梦惊醒，这可不寻常，搞不好她每天晚上都在梦中一再回想起那“空白的四天”。

我们默默走在夜晚的小路上。田边等距设立的木制电线杆上所挂的路灯周围聚集了许多小小的飞蛾，底下有金龟子与步行虫在徘徊。夜空笼罩在薄薄的一层云中，月亮在云后发出淡淡的光芒。

我们绕着住宅区走了一圈，快到家时，初鹿野打破沉默。

“桧原同学，你可以在我身边待到何时？”

“这是什么意思？”我不动声色地反问。

“谁知道呢？我也不太清楚。”

她说完想笑，但又挤不出笑容。

“只是……你想想，像千草同学还有阳介同学，不都从我的身边消失了吗？我想说，是不是有一天桧原同学也会消失。”

我满心想说“不会”，好让她放心，也知道初鹿野期望我这么说，例如“我怎么可能做出从初鹿野面前消失这么可惜的事”。她是希望我能把噩梦带给她的一抹不安付之一笑，才会问出这种问题。

问题是，她的不安并没错。假如我现在骗她，之后真的会有办法演一场完美的戏把她骗到底吗？我有办法不露破绽、光明正大地欺骗初鹿野吗？我完全没有信心。

与其硬要说谎让她不信任，不如老实地回答一部分——这就是我得出的结论。

“嗯，还有七天。”我回答。

看得出初鹿野的表情当场僵住了。

“直到八月三十一日，我都可以陪在你身边。到期之后，我得去一个很远很远的地方。我也不想离开你的身边，但这是从很久以前就决定的事。”

“很远是多远？你要去哪里？”

“我没有办法明确回答你。”

“能偶尔回来吗？”

“不能。”我摇摇头，“很遗憾，我没办法做到。过了八月三十一日，我想我再也见不到你了。”

“……这样啊。”

初鹿野低下头落寞地笑了。她的反应比我想象中的更为平静，想来她多半是从一开始就考虑到这种回答的可能性吧，也许她是从我的言行举止中所透露出来的些许不对劲看穿了我的隐瞒。

“我明白的，桧原同学也深有苦衷吧？”

“嗯。抱歉，我之前都瞒着你，是因为我不知道该怎么开口。”

“我才要说对不起，让你费心了。这样啊，还有七天……”

初鹿野喃喃自语。

回到家后，为避免吵醒芳江婆婆，我们压低脚步声穿过走廊，回到自己的房间就寝。

第二天早上，为了叫醒初鹿野，我拉开纸门，看到她正抱着膝盖睡觉。这时我在她枕边发现了日记。她最终还是选择了“想起”。这也不奇怪，毕竟她身边的人们接二连三地消失了，想知道原因而调查自己的过去，这是非常自然的想法。明知这当中也许包含了致命消息，会从最根本的层面撼动自我，她也不能罢手。

我轻轻捡起日记，坐在窗边翻开。我丝毫不觉得要是知道了“空白的四天”的详细情形，我会对初鹿野唯这个人感到失望。无论她有着什么样的过去，我都做好了接受的觉悟。哪怕初鹿野和一年前那两名初中女生的自杀有着很深的关系——不，哪怕是初鹿野杀了她们两人——我对她的心意多半都不会改变。

我忍住想仔细看完每一页的欲望，翻动书页寻找一九九三年七月的日记。

我的手在某一页停下来。日记里有很多页都比较空，页面十分整洁，只有这几页用小小的文字密密麻麻地写了很多。

上面将“空白的四天”的真相写得清清楚楚。

*

时间的齿轮是在一九九三年的二月二十八日开始错位的。这一天，初鹿野漫步在积了薄薄一层细雪的大街上，和意想不到的老朋友重逢。

船越芽衣与蓝田舞子是初鹿野小学时一起上补习班的朋友。注意到她们从前方走来，初鹿野来不及细想，连忙环顾四周想要找地方躲起来，然而对方已经看到她了。她们看到初鹿野的脸时，一瞬间欲言又止，最后总算把话吞了回去，只说了句“好久不见”。初鹿野也勉强回应了对方的招呼。

初鹿野能轻易料到她们吞下的是什么样的话。那时候，她脸上的胎记已经大到刘海都遮不住了。初鹿野心想，她们应该是想问她脸上的胎记是怎么回事，最后还是忍住了。大家都是这样，一看到她的胎记便露出一脸震惊的表情盯着胎记仔细打量，然后才装蒜地扯起无关的话题，但谈话过程中会频繁地偷看胎记。那是一种掺杂同情与好奇心的视线，不过，他们绝对不会主动提起胎记。

初鹿野每次都想，既然那么好奇还不如老实问出来，这样她反而更轻松。只要问一句“你脸上的胎记是怎么回事”就好，但很少有人能想得这么深。大家都将那当成了伤口，小心地不去碰触它，很少能理解这世上有一些伤口，适度碰了反而可以减轻痛楚。

初鹿野认为她们两人在她面前也会当那片胎记不存在，离开后才拿来当话题，说些“她的胎记好大”之类的话。

然而，谈话开始后没过几分钟，船越就直视初鹿野的胎记并问道:“对了，你脸上的胎记是怎么回事？”

“不是单纯受伤碰出来的吧？”蓝田也小心翼翼地问。

“如果是我误会了，那先说声不好意思，可是我觉得你好像是故作坚强。”船越说，“如果你不排斥，我想听你说说这胎记的事。”

她们坦率的提问让初鹿野感到开心，于是滔滔不绝地说了起来。她像要把先前累积在心中的话都吐出来一样，对长出胎记后自己人生中发生的种种变化说个不停，包括别人对她投来的视线含意有了明显的改变;包括不时有人会因为看到胎记而显露出厌恶;包括她开始抗拒说话时正视对方的眼睛;包括自己变得不管做什么都会因为意识到旁人的视线而紧张，结果什么都做不好；包括她越来越不敢出现在人前，假日常常把自己关在家里；包括在学校虽然逞强装得若无其事，但内心却随时担惊受怕；包括因为没有人可以商量，她总是一个人烦恼。

无论是船越还是蓝田都在热心地听她说话。初鹿野之所以什么都说出来，是因为她确定“她们两人应该会明白”。之所以会这么想，也是因为无论船越还是蓝田，尽管情形有所不同，但都和初鹿野一样有着和身体相关的烦恼。她们两人都很聪慧，又有幽默感，是很有魅力的女生，但身上的显眼部位都有着对青春期的女生来说非常致命的问题（日记中并未针对“问题”详加说明，只是像我以前被同学称为歌剧院怪人、初鹿野被称为阿岩那样，她们似乎也因为身体上的特征被人取了不好听的绰号）。

花了几个小时诉说完自己的烦恼后，初鹿野对她们表示感谢。

“谢谢你们。以前我都找不到人说这些话，所以我好高兴。”

“别放在心上。能够知道像小唯这样受欢迎的人也和我们有着一样的念头，让我有点高兴呢。”蓝田说。

“你有什么事随时都可以找我们商量。”船越说，“这可不是客套话，因为我们对你的心情能够感同身受。”

然后，蓝田忽然想起什么似的说：“小唯，如果你不介意，以后我们要不要也像现在这样，三个人出来见个面？”

在这个提议之下，初鹿野开始定期和那两人见面。她们每周都会聚一次，互相诉说日常的不满与疑问，以及一种隐约活得很艰辛的感觉。每当她们三个人在一起聊天时，初鹿野就会陷入一种仿佛是同一个人格分裂成三个在谈话的错觉。多半是因为她们都是身体有缺陷的人，彼此有共通的观感吧。初鹿野常常会感到佩服，觉得她们竟然连自己这么细微的心情都能体会。

例如船越说过："老实说，我实在不懂为什么不可以进行美容整形。正确的说法是叫美容外科手术吗？正式名称不重要啦。化妆、烫头发或是矫正牙齿就行，美容整形就不行，这不是很奇怪吗？虽然也有人说身体发肤受之父母，对自己的身体动刀太失礼了，但如果我是爸妈，只要整形能让儿女幸福，我倒觉得怎么动刀都无所谓。虽然这么说有点过分，但丑陋本就是一种病。"

初鹿野想了一会儿说："我对这件事也有很多话想说……我觉得很多人认为的美容外科手术的问题，根本是欲加之罪，何患无辞。人们对美容外科手术的厌恶，来源于对身体的绝对信赖感，以及怕这种信赖遭到背叛的恐惧。人们本能地害怕用来辨识'这个人就是这个人'的基准会有所动摇。"

"毕竟只要允许对身体的某一处整形，就和允许对一百处进行整形没什么两样。"蓝田立刻回答，"如此推论到最后，就会变成除了脑子以外，即使将其他部分都变成另一个人也无所谓的情形了。"

船越点头："是啊。不就是'如果把一艘船的零件逐步换掉，最后所有零件都换过一遍了，这艘船还能不能叫作原来那艘船的问题吗？可是，实际上也没有人会因为换掉一成的零件，就说'这和替换前的船不是同一艘'，所以，我觉得人类的身体也可以容许一成左右的改造。”

“不管怎么说，我们的问题都不是靠美容外科手术就治得好的，所以讨论这种事可能也没什么意义。”

蓝田说完，无力地微笑了。船越和初鹿野也都叹了一口气，但这当中有一种令人自在的共鸣，一种知道原来不只是自己一个人体会到不合理的卑微安心感。

不知不觉间，船越和蓝田成为了初鹿野的心灵支柱，说是完全依靠她们也不为过。到了春天，她们两人开始说起对班上同学的憎恨，或是自杀的念头，但初鹿野仍然觉得，这是她们对她敞开心扉的证据。

初鹿野的眼睛完全被蒙蔽了。

六月四日，船越和蓝田把她们在学校受到的霸凌情形告诉初鹿野听。“我们两个似乎成了同学宣泄考试压力的出气筒。”船越是这么开口的，她们淡淡地说起在学校受到了什么样的待遇。如果她们的说法没有夸张之处，那简直是无法想象的地狱。初鹿野由衷为她们感到遗憾，同时感受到一股两人对她有什么期望的沉重压力。初鹿野从说完这件事的两人身上，感觉到一种近乎胁迫的无言压力，就好像被两只看不见的手牢牢抓住双手，并对她说：“既然你已经知道这么多，可别想就这么回去。”

初鹿野心想，自己也许正被卷进某种棘手的事态中。

她不好的预感成真了。自从船越和蓝田提起霸凌的事情以后，开始比以前更加露骨地说出仇恨与绝望的话，不是想快点死了算了，就是真想杀了谁谁谁。不用把身体部位全部换掉，她们早已变得判若两人。初鹿野以前所喜欢的船越和蓝田，已经不复存在了。以前会开起独特的玩笑、让周遭和乐融融的两人变成现在这个样子，让初鹿野除了难过还是难过。

初鹿野已经跟不上她们的话题了，但又无法在两人冷静下来之前和她们保持距离，因为初鹿野最害怕的就是被她们排挤。要是现在被她们放弃，她会失去宣泄苦恼的去处，就像气球一样三两下就涨破了。初鹿野硬逼自己配合她们，只要她们说想寻死，也就跟着说自己想寻死;她们说想杀人，也就跟着说自己想杀人。换句话说，初鹿野因此培养出和那两人不同种类的疯狂。

船越和蓝田的行动愈演愈烈。当她们的仇恨越过分水岭，言语就转变为行动了。

这一天，她们像甩脱了邪恶的附身灵一样平静了下来。她们很会聊、很会吃、很会笑，仿佛变回了几个月前的她们，让初鹿野很开心。搞不好是学校的霸凌事件已经平息，这样一来又可以和以前一样，三个人一起度过亲密的时间——初鹿野才刚产生这样的念头，船越就天真地说：

“我们去她家放了火。”

两人高高兴兴地对哑口无言的初鹿野说，她们去身为霸凌主谋的同学家里洒了煤油纵火，并说起那名同学今天请假没来上学。她们在回家的路上绕去同学家察看，发现房屋已经全部烧毁，那名同学的房间还露了出来。

“那个女生怎么样了？”初鹿野用颤抖的嗓音问道。

“她没死，不知道是幸还是不幸。”船越回答，“可是，她应该会有一阵子没办法来上学了。”

“今天的学校好和平呢。”蓝田说得心有戚戚焉，“只少了她一个，上学竟然就会变得这么轻松。”

初鹿野觉得自己实在没办法再配合她们。于是她下定决心，劝她们两人自首，并说只要警察去找班上同学打听，她们对这个女生抱有敌意的事会立刻败露。不可以小看现代警察的办案能力，说不定明天早上警察就会找上门来，还是在这种事发生以前就自首比较明智。

“不用担心，绝对不会被揭穿的。”船越毫无根据地——有一半像是说给自己听似的——这么说，“只要我们三个都不说。”

“我本来还以为小唯会和我们一起高兴呢。”蓝田说得很不高兴，“真扫兴。”

“唯，我很信任你。可是，以防万一，我还是要和你把话说清楚。”

船越探出上半身，在初鹿野耳边说。

“要是你背叛了我们，我们就会到你家放火。”

这时候，初鹿野才总算意识到，自己已经走到不能回头的地步了。自己已被牵扯进仇恨的锁链当中，再也无法逃脱。这当中不存在合适的选择，只存在不合适的选择，以及更不合适的选择。

隔天早上，初鹿野读了报纸后，脑袋一片空白，差点当场晕倒。

她们两人说得没错，那个霸凌主谋的女生尽管家被烧毁，自己却只受到轻伤。

丧命的是她年幼的弟弟。

初鹿野把登了这则报道的报纸折起来放进书包，去见船越与蓝田。她们两人当然也毫无遗漏地看过今天早上的报纸，所以早就知道死的不是她们的目标，而是那个女生的弟弟。

“都是那女人不好。”她们一再自我辩护，但无法彻底欺骗自己，眼神非常空洞。

她们渐渐地失去理智，每天都怕警察打电话来，随时都心浮气躁地四处张望，一看到警察就低头小跑步逃走，一听到警车或救护车的警笛声就全身一震。觉也睡不好，导致她们的黑眼圈很深，而且食不下咽，两人一天比一天瘦。

疑神疑鬼的两人，最害怕的就是初鹿野告密，因此每次都把她叫去，再三威胁说：“要是你敢背叛，我们就把你家烧了。”

“反正你就是想背叛我们吧？”有一次船越这么说，“可是，你明知道我们有杀意却还一直附和我们，所以你跟我们同罪。要是我们被抓，也会把你拖下水。”

她们承受不住自责与恐惧，开始把以前当作是退路的自杀视为现实的选择之一。她们认为自己没错，与其丢脸地被警察抓起来，还不如死了算了。而自杀的成员理所当然地包含初鹿野在内。

蓝田逼向初鹿野，对她说：“要是你敢一个人逃走，我们会在遗书上写我们被初鹿野唯威胁才放火，结果承受不了罪恶感而选择自杀的。”

初鹿野根本无路可逃。她哀叹早知道会这样，觉得不对劲的时候就应该逃跑。她们确实给了她缓冲的时间，只要她有心，在很早期的时候就能够阻止两人的失控。

不，岂止是这样——她们之所以把她牵扯进来，说不定就是为了这个目的。没错，她们之所以让她加入，是希望她能阻止她们失控，但她却太害怕失去互舔伤口的伙伴，不但没能阻止她们，反倒助长她们的恶意。

初鹿野觉得因为自己的心太软弱，事情才会变成这样。

然后，这一天来了。一九九三年七月十二日，初鹿野被叫去深山的废墟里。打开沉重的铁门，走进废墟的一个房间，她就看到船越与蓝田坐在角落里。由采光窗射进的方形阳光照亮了整个房间。

她们的脚下有日本酒的酒瓶与方便携带的罐子。看到这些，初鹿野止不住地发抖。罐子里装的肯定是汽油，至于酒，应该是她们想通过喝醉尽可能减少对死亡的恐惧才买的。她们两人打算今天就死在这里——不对，包括初鹿野在内，所以是三个人。

初鹿野拼命说服她们，说做这种事没有好处，现在还来得及，只要弥补自己的罪过再重头来过就好了。她会说放火的事情自己也有参与，要不要三个人一起去自首，现在就绝望还太早了。

可是，已经错乱的两人当然不可能把初鹿野的话听进去。她们就像拿热水冲洗身体一样，毫不在意地把汽油从头上倒下去——她们感到自卑的部位附近，更是淋得格外仔细——然后她们逼迫初鹿野做出一样的行为。初鹿野拼命拒绝，船越就按住她，由蓝田往她身上倒汽油。

初鹿野想挥开船越的手逃走，但房间只有一个门，两人就挡在门口。船越手上拿着打火机逼近初鹿野，蓝田则挡在初鹿野的退路上。她们像是在享受初鹿野害怕地往后退的模样一样，慢慢将初鹿野逼进房间的角落。

我想，那两人在那个时候，自杀的决心并没有多坚决吧。船越的手指放在打火机上，应该也只是在吓人。她之所以顺势刷动火石，说不定只是手滑了一下，而且可能因为太过兴奋，忘了自己的身上已倒了汽油。

线香烟火般小小的火花点燃了气化的汽油，紧接着，船越的身体笼罩在火焰中。一瞬间，野兽般的吼叫声响起，分不出那是船越的哀号，还是蓝田的尖叫。

船越成了一个火人，双手按住喉咙，跌跌撞撞地走动求救。船越的手伸向吓得脚软而动弹不得的蓝田，紧接着火焰就蔓延到蓝田身上。这次立刻就听见了明显是蓝田的叫声。

初鹿野条件反射地逃了出去。自她身后传来的蓝田尖叫声在几秒后突然中断了。跑出废墟的初鹿野一边全力飞奔一边思考，但无论她跑得多快，到最近的民宅也得花上二十分钟。这附近有没有公共电话？初鹿野试着翻找记忆，但并没有在通往废墟的路上发现电话。总之她现在必须尽快下山，哪怕只快一分钟、一秒钟都好。

好不容易找到公共电话时，时间已经过了十五分钟。初鹿野用颤抖的手拨打了火警的电话，告知深山的废墟里冒出奇怪的烟，里面还传出哀号。她正确报完废墟的地点后，就挂断电话，并未报上自己的身份。初鹿野放下话筒，瘫坐在地上大哭起来。消防队回拨了电话，铃声在她头上响个不停。

*

我从日记中抬头，和在被窝里起身看着我的初鹿野四目相交。她露出无力的笑容，没有责怪擅自看了日记的我。又或许她从一开始就希望我看她的日记，才会特地将日记放在枕边吧。

“你很失望吧？”初鹿野垂下视线，开口道，“初鹿野唯——不，是我，不但对两个女生见死不救，还删除了这段记忆，想要逃避罪恶感……看来就是这么回事。”

“是因为日记上是这么写的吗？”我歪了歪头，“我却觉得，这只是个运气不好的可怜女生被牵扯进别人犯罪事件中的故事罢了。”

“如果上面写的全部是事实，也不是不能这么解释。可是，谁也无法保证我有没有扭曲事实，改写成对自己有利的故事。”

初鹿野站起来叠好棉被，背对我伸了个小小的懒腰，头也不回地问：

“……你今天也肯陪我吗？”

“那还用问？”我回答，“就算你说不要，我也会陪着你。毕竟我还得做好看守的工作。”

“……嗯，我都忘了。”

初鹿野放心似的露出微笑。

这一天，初鹿野始终心不在焉。无论我说什么，她的反应都很迟钝，无论我问什么，她的回答都牛头不对马嘴。她长时间忧郁地注视着远方，偶尔会反常地做出开朗的举动，随即又疲惫地安静下来。这些全是危险的征兆，我小心留意着初鹿野的行动，以免她起了什么不好的念头，万一出了什么事，我能够立刻应对。

半天平安无事地过去了。吃完晚饭后，我们去澡堂洗掉了一整天的汗水。我松了一口气，心想照这样子，今天也能平安结束。但我的想法太过天真，事态从现在开始即将迎来急转直下的变化。

初鹿野提早一步在外面等着，一看到我出来就问：“可以去一下别的地方吗？”我问要去哪里，她却不回答，只说“我有东西想让你看”，然后露出神秘的笑容领着我前行。她是打算带我去哪里呢？话说回来，这个镇上也没有几个能去的地方。从方向判断，我猜她应该要去海边。

我所料不错，初鹿野直直地走到海边，并在码头的角落、仓库的背阴处停下脚步。陆风拂动她身上那件浅灰蓝色连衣裙的裙摆。平静的海面上延展着一道苍白的月亮光柱。

初鹿野转过身来面向我，从包里拿出一个用毛巾包住的东西，解开毛巾交给我。那是一把小小的刀，刀柄的装饰上已有多处损伤，刀刃也已经发黑，只有刀尖像刚磨过似的极为尖锐。

“这是什么？”我问。

“刚才捡到的。”初鹿野简洁地回答，“你猜我在哪里捡到的？”

“我不知道。”

“真的？”

“要说哪里可以捡到小刀，我只想得到垃圾场。”

“我在电话亭捡到的。”她说，“然后，接下来请桧原同学用这把小刀杀死我。”

看到我目瞪口呆的样子，初鹿野嘻嘻一笑。

“对不起，桧原同学。我一直装作什么都不知道，但实际上我都知道了。我知道你的性命只到八月三十一日，也知道要让你活命，就必须让你杀死我。”

初鹿野的身影忽然间变得朦胧起来。

我非常震惊，连视线都无法对焦了。

“你为什么会知道……”我问到一半，忽然惊觉过来，“是那个女子在电话中告诉你的？”

初鹿野缓缓点头。

“她第一次打电话来的时候，我吓了一跳。当时我一个人走在夜路上，公共电话突然响了。我按捺不住好奇心，接起电话一听，一个女子劈头盖面地说：‘初鹿野唯同学，你的记忆还没有要恢复的迹象吗？’那是前天发生的事……只是当时我感到害怕，立刻挂断了电话，所以只听到这些。”

初鹿野把玩着小刀，从不同角度观察它。与其说她想看清楚小刀，不如说她是不想和我对上视线才这么做的。

见我狠下心来尽情享受和初鹿野一起的生活，似乎让电话中的女子非常不满。她先前的宗旨是不干涉当事人之外的人，如今不惜扭曲这个宗旨也要阻挠我。

“可是第二天晚上，她再打电话来时，我就能稍微镇定地听她说话。这位女性似乎对各种只有我才知道的事情都了解得比我清楚。关于船越同学和蓝田同学的死亡，她连日记上没写的细节都无误地知道了。我问她为什么这么清楚，她只是颇有深意地笑了几声。当时我觉得一定是我有了幻听，毕竟我都失忆了，发生幻听这种事并不奇怪。”

初鹿野食指按着头部的侧面，落寞地笑了。

“可是，电话挂断以后，这件事在我的脑子里渐渐变成是一种从天而降的启示。电话中的女子是实际存在的人物，还是我潜意识里创造出来的人物，这并不重要。总之，我觉得她试图把某些很重要的事情告诉我，而这个信息对我来说有着极为重要的意义。无论这是从我内心发出的，还是从外界接收到的。”

她像是在确定自己话中的含义似的，沉默了一会儿，才接着说下去：

“然后，就在刚才，我走出澡堂在外面等你时，听到店前的公共电话响了。她终于告诉我‘事实上，现在和你一起住的桧原裕也同学，他的性命只剩下几天了’‘桧原同学之所以只能在你身边待到八月三十一日，是因为他在那一天就会死去’‘导致他死亡的原因不在别人身上，而在初鹿野同学你身上’……不可思议的是，听到她这么说我并不吃惊，反而很干脆地接受了这个离谱的事，还觉得‘啊啊，果然是这样’。千草同学、阳介同学之所以消失，想必都不是巧合吧。虽然不知道理由，但我想只要是被我依赖的人，多半会变得不幸。”

初鹿野从小刀上抬起头，看了我一眼，又立刻低下头。

“在一段漫长到绝望可以渗进心里的沉默之后，她继续说道：‘并不是没有办法救桧原同学。请你看一下电话机下面的电话簿。’我照她的话往底下一看，就看到本来放着电话簿的架子上放着这把小刀。我一拿起这把小刀，她就说：‘让桧原同学用这把小刀刺死你，这是拯救他性命的唯一方法。’然后，电话便挂断了。”

初鹿野说到这里，朝我走来，递过小刀。

“这个时候，我想谁都不会怀疑你。”她说，“毕竟我的家人都知道我自杀未遂，姐姐和奶奶也会证明桧原同学很关心我。你只要说去澡堂泡澡的时候让我逃走了，大家都会相信你。”

她牵起我的手，硬是让我握住小刀。

“不用担心，桧原同学其实不必看着我死。你只要用这个往我胸口插一刀，然后把我推下海就行了。你不要觉得是为了让自己活命才杀我，而要觉得你是为了救我而杀我……就算让我继续活下去，总有一天我又会犯下同样的错误。既然这样，我希望在这之前，由桧原同学亲手为我的人生做个了断。”

初鹿野微微歪头，露出像是随时会消失的微笑。

我举起她交到我手中的小刀，打量着雕刻在握柄上浪花般精致的纹路。

把小刀扔进海里是轻而易举的事，但这只能蒙混一时。如果只是拒绝初鹿野的要求，多半无法让她信服。

我握着小刀走向初鹿野，她全身一震，但立刻闭上眼睛，像是接受了这一切。

我把小刀伸向初鹿野的胸口，刀尖从她大开的领口溜进去抵在心脏上，我觉得她的心跳顺着小刀传了过来。初鹿野屏住呼吸。我经过足够的停顿之后，在她胸口上慢慢挪动小刀。剧烈的疼痛让她表情都变形了。

我拿开小刀，看到我划出了一道约三厘米长的浅浅伤口。伤口很快渗出了鲜血，渐渐将连衣裙染黑。我用手指在她伤口上一划，轻轻擦去鲜血。伤口被碰到的痛楚，让初鹿野全身都僵硬了。

我把初鹿野流出的血，抹在自己的右侧脸颊上。

就像是一种幸运的魔咒。

“你在做什么？”初鹿野睁开眼睛问。

“在安徒生的《人鱼公主》里，”我说，“把从王子胸口流出来的温暖鲜血涂在腿上，公主的双腿便会合二为一，变回人鱼的尾巴……可是，我想以我的情形来说，只要这么一点血就够了。”

初鹿野歪着头说：“我不太懂你说的话是什么意思。”

“嗯，你不必懂，因为这只是一个幸运的魔咒。”

我高高地抡起小刀，把它往海里抛去。过了好一会儿，才从很远的地方传来扑通一声。

“好了，我们回去处理你的伤口吧。”

初鹿野茫然地望着小刀坠落的方向，轻轻地叹了一口气。

“……这么做明明无济于事。”她说。

“不一定吧，现在还不知道呢。”

“我想，等看守不见了，我一定会完成这件事。”

“不行，我不准。”

“你不用准，反正到时候你都不在了。”

初鹿野说完，直直朝我走来，几乎是撞倒在我身上。她的头发散发出香甜的气味，刺激着我的鼻腔。因为出汗，她全身都冷冰冰的。

初鹿野压低声音哭泣着，泪水浸湿了我衬衫的胸口处。她哭的时候，我一直轻抚她的背。

“你可以答应我一件事吗，就算是说谎也没关系。”

我在她耳边轻声说道。

“答应我，即使我不在了，你也要好好活下去。”

“我办不到。”

“不用真心发誓，骗我就好。”

“……那么，我答应你，虽然是骗你的。”

初鹿野从我怀里抬起头，伸出右手小指。

我们小指拉钩，做出徒具形式的承诺。

回家的路上，公共电话响了好几次。一处刚停，又会有另一处响起，甚至会从一些怎么想都不觉得会有公共电话的地方传来铃声。每次铃声响起，初鹿野都紧紧握住我的手。

“桧原同学。”

“什么事？”

“如果你改变心意，随时都可以杀了我。”

“好，如果我改变了心意。”

“我不讨厌被桧原同学杀死。”

“我明白。”

“我说真的哦。”

“我知道。”

“到时候，如果最后你能吻我一下，我会很开心。”

“嗯，到时候我会的。”

“太好了，我很期待。”

我们天真无邪地相视而笑，在这不祥的铃声响个不停的夏季夜晚踏上归途。

第十二章　人鱼之歌

八月二十七日的傍晚，我和初鹿野前往“美渚夏日祭”的会场。初鹿野穿上了只在三年前穿过一次的浴衣，我则换上了在附近买来的便宜甚平（**注：一种和服便服，在现代通常为男性或儿童在夏天所穿着的家居服**），两人踩着木屐走在充满了暮蝉鸣声的昏暗乡间小路上。深蓝色的浴衣，将初鹿野的肌肤衬得更加雪白。

当我们逐渐接近会场时，先是听到了仿佛能震动地表的太鼓声，然后陆续听见了笛声与钲声，扩音器引导民众的声音，以及人潮的喧嚣声。被指定为停车场的附近小学前排着长长的车队，车龙更过去一点的地方，可以看见作为会场的公民馆广场。

在我们踏进入口时，会场正好燃放了宣告开幕的小小烟花。四周的人们都不约而同地停下脚步仰望天空，看着空中剩下的白烟。紧接着，会场内响起掌声。

会场正中央搭起了高台，挂着灯笼的绳子从柱子那儿呈放射状往外延伸。两条长的道路上都摆着小摊，短边的一边是入口，另一边则架起了巨大的舞台。观众席上已有几十人甚至上百人占好了位子，“美渚夏日祭”的执行委员长正在舞台上致辞。

我翻开入口处发放的节目表，查看今天的节目。和我想的一样，吾子滨人鱼传说的朗读以及《人鱼之歌》的演唱都完整地保留下来了。应该是找到替代的人吧，要说倒也是当然的。节目表的角落有今年美渚小姐的照片，的确是位漂亮的女性，但太过活泼，感觉不适合演人鱼。话说回来，如果不是看过千草扮演的人鱼，也许我就不会这么想了。

我们买了薄煎饼和炒面，来到舞台前观赏小朋友的拔刀斩、初中生的管乐社演奏、相关团体的舞蹈与民谣、艺人的陀螺杂技等表演，一个小时转眼间就过去了。等抽奖开始，我们便离开座位，穿过人潮，在停车场的花圃边坐下，从远处看着会场的喧嚣。

在美渚小姐的朗读开始之际，手背上传来一阵冰凉的感觉。起初我以为是错觉，但看到初鹿野望着天空，我就知道不只是我有这种感觉。不到一分钟天空就下起了雨，雨势不是很大，但一不小心还是会淋成落汤鸡。众人要么跑向帐篷或公民馆内躲雨，要么跑向停车场，转眼间会场内的人就寥寥无几了。没过多久，工作人员用扩音器宣布舞台表演中止。

我和初鹿野在公民馆的屋檐下躲雨。细小的雨点把灯笼与小摊散发的灯光晕开，将会场染成一片暗红色。我呆呆地看着把垫子举到头上跑走的女生、撑着伞悠然行走的老人、完全不把下雨当一回事的小孩，还有赶紧收拾摊位的商人，忽然间听到一阵歌声。

是《人鱼之歌》。

歌声不是来自舞台，而是身旁。

我和初鹿野对视一眼。她停下来，难为情地微微一笑，像要掩饰害羞似的说道：“雨好像不会停了呢。”

“别管了，继续唱。”我说。

她微微点头，接着唱下去。

她的歌声渗透进夹着雨水的空气中。

这是我第三次听她唱《人鱼之歌》。

第二次是一个月前，在废弃旅馆的屋顶上。

第一次是六年前，在山顶的废弃神社里。

*

那时，我还称初鹿野为“班长”。

一九八八年的夏天，对我来说既是最差劲的夏天，也是最棒的夏天。之前也说过，我在这年夏天患了严重的自律神经失调症，在七月的大白天都冷到必须盖上羽绒被才能入睡。寒冷日益增强，甚至恶化到了让我无法正常生活的地步。我去到一间大学附属医院看心理治疗内科的门诊。那间医院很远，即使搭公交车与电车往返都需要三个小时。医生的诊断结果显示，生病的原因是压力（想也知道）。医生说我需要的是定期就诊以及长期休养，于是我抢先一步迎来了暑假。

这年夏天和我知道的都不一样。眼中所见的景象和身体感受到的有着太大的差距，所有事物看在我眼里都失去了真实感。难得可以放长假，我却没有心思出去玩，可即使待在家里也无法专心看书。我大部分的时间好像都用来反复看一卷录像带了。录像带的内容我早就忘了，只记得是一部外国电影。

在我请假正好过了一周的那天，我一如既往地待在房里，心不在焉地看着电视时，听见了敲门声。敲门的力道拿捏得很好，不会太强也不会太弱，以勉强能够维持连续性的慢节奏敲着，宛如一段音乐。我从不曾听过这么细腻的敲门声，认定了门外的人不是母亲。

我问门外是谁，门就缓缓打开了。门后出现了一个穿着淡雅可爱白色连衣裙的女生。她不出声响地轻轻关上门后，转身朝我点了点头。

“班长？”我忘记身上的寒冷起身问道，“你来做什么？”

“来探望你。”初鹿野对我微微一笑，放下书包，在我的被子旁边跪坐下来，“还有把累积的通知单带给你。”

我赶紧检查自己房间的现状。由于这几个月我从没叫过朋友来我房间玩，都没了打扫的习惯，房内非常凌乱。我暗自叹息，要是事先知道她会来，我一定会收拾干净。再看看自己的穿着，我的心情就更加消沉了。初鹿野的打扮非常得体，就这样穿去参加毕业典礼都没问题，我却穿着皱巴巴的睡衣和一件颜色不搭的外套，看起来很丢脸。

我重新钻进被窝里，想躲开她的视线。

“是老师拜托你来的吗？”

“不是，是我主动提议的。因为我很担心阳介同学。”

她从书包里拿出透明文件夹，小心翼翼地取出折好的B3纸大小的再生纸，确认完上面的内容后，放到我的书桌上。然后，她又坐回到我身旁，一脸“我们进入正题吧”的表情看着我。我心想，一连串的提问就要来了，她肯定要问我为什么一直不去上学、为什么夏天裹着羽绒被、这是什么病、为什么我会患这种病等问题了。

结果初鹿野出乎意料的什么都没问，而是拿出封面没写名字和科目的笔记本翻开来让我看，并为我讲解这一周课堂上讲过的比较重要的部分。

她到底在打什么主意？我狐疑之余乖乖听她讲课，过不了几分钟就听得入迷。对于一整天都把自己关在房间里的我而言，从鲜活的人口中讲述的新知识，正是我最需要的刺激。

初鹿野讲完一遍后，把笔记本收进书包，说声“我会再来的”就回家去了。她刚离开，母亲直接走进我的房里，门也不敲。

“这不是很好吗，竟然有人来探望你。你可要好好珍惜啊。”她很开心地这么说。

“她不是我朋友。”我浅出一口气，“她是班长，所以对谁都好。”

这不是青春期少年常见的那种掩饰难为情的说法，而是当时我和初鹿野之间的关系，确实称不上是友情。只是因为升上四年级后，我和初鹿野的座位离得很近，所以交谈的机会增加了，但这种关系只限定在教室里。在六月换座位之后，我们就没怎么说过话了。

初鹿野来探望我，确实让我感到开心，而且她为我讲解学校的课程内容，也让我打从心底感激她。可是，一想到她是基于同情才这么做，我就提不起精神。肯定是因为她是“班长”，才会“好心细心照料可怜的同班同学”。相信在她的眼里，我就是个需要怜悯的弱者。

隔天，还有再隔天，初鹿野都在差不多的时间来敲门，诚恳又细心地为我讲解当天的上课内容。我一直把初鹿野的这种善意，当成是她过分尽职地履行了身为班长的职责而已，但她每天都来我房间，为我悉心讲解，的确让我无可自拔地受到她的吸引。要不是认定她对我的好意来自怜悯，我应该没几天便会被迷得神魂颠倒吧。

对于一个小学四年级的男生来说，当时的我对于自己的恋慕之情自觉到了令人不舒服的地步。换成是一两个月前的我，不会知道是怎么回事，只会隐约觉得气闷，过着闷闷不乐的日子。自打我认为自己的胎记很丑以后，性格就变得过度内省，一有空便会在脑中反复把以前只是隐约接受的种种，拿出来重新检验一番，安上正确的名称之后再放回去。恋慕之情就是我在这种重新检验的过程中，在自己心里发现的事物之一。

每当初鹿野讲解完当天的内容回去之后，我就会有一种非常没出息的心情。最大的问题在于，我就如同她的期望，实实在在地受到了抚慰。她明明是基于同情心才对我好，我却为了她的微笑与一些小小的举止而真心感动，这种状况让我觉得自己悲惨得无以复加。我希望她认为我是个学得很快的人，所以每天都偷偷预习。到了学校的放学时间，我就赶紧打扫房间，这样的自己让我觉得非常可耻。所以我对初鹿野尽可能采取冷漠的态度，作为一种聊胜于无的抗拒，同时也是为了当她不再来我家时，自己不会变得寂寞。

我一直心想，拜托，不要让我抱着无谓的梦想。既然不会变成我的，就不要进入我的视野里。不要假装是出于善心，玩弄别人的心。但初鹿野根本不知道我这种心情，时而握着我的手，天真地笑说：

“阳介同学的手，冰冰的好舒服呢。”时而为了详细讲解画在笔记上的图，趴在我身旁。这些举动导致我怕冷的症状显著恶化。

七月十三日是全校进行校内打扫的日子，我一整天都可以听见窗外传来小孩子们大声嚷叫的声音。我心想，今天学校没有上课，初鹿野应该不会来了。到了下午四点左右，正当我无所事事而开始心浮气躁时，门铃一如往常地响了。过了一会儿，有人敲了敲我的房门。

这一天，初鹿野穿着纯白色的针织上衣，配了一条素净的浅绿色裙子。打扫日应该有规定要穿体育服装，我想她也许是先回家把脏衣服换下后才过来的。

“怎么了？”我问，“今天应该没有课吧？”

“嗯，可是，我还是跑来了。”初鹿野露出恶作剧似的微笑。

“为什么？”

“只是来探望你。”

初鹿野和往常一样跪坐到我枕边，什么也不做，只是笑眯眯地看着我。我感到无地自容，翻身背对她。

“何必连这种日子也跑来？”

“好像已经变成习惯了。而且，我很担心阳介同学。”

我想她的话多半让我非常开心，也正因为这样，我才为了警惕自己，忍不住说出带刺的话。

我转身对初鹿野说：

“你骗人，你只是喜欢对我好的自己。”

我本以为她会冷漠地否认。

我本以为她一定不会放在心上。

我本以为她会一笑置之，说声“阳介同学真傻”。

但初鹿野什么都没说。

她抿紧嘴唇，直视我的眼睛。

露出一种像是被人用一根很长的针越扎越深的表情。

几秒后，初鹿野像回过神来似的睁大眼睛，试着赶紧挤出笑容。不过她的笑容极为生硬。

她用分不出喜怒哀乐的表情忍不住说道：

“刚刚那句话……伤我很深。”

她慢慢站起来，转身背对我，连再见也不说就走出房间。

起初，我毫无罪恶感，甚至还得意地心想，初鹿野一定是被我戳到痛处才跑掉的。但随着时间的流逝，我心中的不安逐渐变浓。这种感觉渐渐笼罩住整个房间，开始里应外合地折磨我的心。

该不会，我的猜测其实错得离谱吧？

如果初鹿野真的是为了自我满足而利用我，那么，无论被我说得多难听，只要四两拨千斤地糊弄过去或是单纯否认就好。所谓的伪善者，对于善意受到质疑的情况都会拟定完善的对策。他们熟知怎样的应对能让自己看起来像个圣人，或是能掩饰住自己的别有用心。人就是这样，聪明人更是这样。

然而，初鹿野被我这么一说，似乎伤得很深。

这不就是她平等看待我的证据吗？

正因为她不是伪善，而是真心为我着想，才会觉得被我背叛了，不是吗？

如果真是这样，那我就是对尽心尽力帮助我的初鹿野，做出了极为忘恩负义的举动。

我整晚都在被窝里心烦意乱。

——必须要向她道歉。

等我下定这个决心，已经是第二天的早晨。

我觉得电话没法好好地把心意传达给她。因此，当正午的钟声一响，我就从衣柜里拿出牛角大衣，套在厚实的毛衣上。我全身都散发出樟脑丸的刺鼻气味，大衣口袋里还放着去年冬天的手帕纸与糖果。

我已经很久没有一个人外出过了，出门也已经是上周的事了。或许是长期待在昏暗的室内，蓝天、绿叶、耀眼的阳光、空地的杂草、蝉鸣声、鸟叫声，都以超出我想象的态势猛烈扑来。世界竟是如此刺激，让我不知所措。我像要保护自己似的拢紧大衣，压低帽子，迈出了通往学校的第一步。

我之所以特地选这种不早不晚的时间出门，是想尽可能避开人们的目光。我的计划很成功，这个时段的上学路上，除了我以外看不见一个小学生。我期盼就这么去到学校，不要遇见任何人。

一路上我经过了好几个大人，每一次对方都对我投以讶异的眼神，所幸一路上并未遇到同龄人。我成功抵达了学校，抬头往钟塔一看，现在正好是午休时间。

来到久违的校园里，我感觉比以前要陌生许多。我低下头快步走向自己的教室，从开着的门往里头窥看，但没看到初鹿野的身影。我只好走进教室，向在角落聊天的女生询问初鹿野在哪里，她们狐疑地看着我异常的穿着，告诉我初鹿野因为身体不舒服，请假没来上学。

我垂头丧气地走出教室，这时才看到走廊公布栏上贴着几十张照片。刚才从公布栏前面经过时，我一直低着头，并未注意到。

最先映入眼帘的是初鹿野的照片。这张照片拍得非常好，让我忍不住停下脚步，呆呆地看了半晌。

那应该是五月的年级活动——远足时所拍的照片。照片上都标了号码，只要把想要的照片号码写在纸上装进信封便能购买。严格来说，那些照片主要是卖给来参加面谈的家长吧。

我依序看着公布栏上的照片，想找拍到初鹿野的照片。摄影师大概自认为公平地拍到了所有学生，但只有初鹿野出现在照片中的次数远比其他学生多。身为摄影师，想必会下意识地挑选能让照片好看的拍摄对象。我每次看电视时也都会这么觉得，例如在采访小学的影片里，大多会优先拍到“很有小孩子感觉的小孩”，以及“比较有可能说出观众想听的话的那种正经小孩”。至于会带给观众不愉快的拍摄对象，则会被巧妙地挤出画面外。

我寻找着有没有把初鹿野拍得更大的照片，结果无意间发现了一张拍到我的照片。这完全是一次突袭，因为我大意地认为，我这种人一定连一张都不会有。

现在回想起来，那是在十分巧合的情况下才拍到的一张奇迹照片。我当然不是指这张照片拍得好看，而是指这张照片拍得奇迹般的不好看。照片里是一种令人看了就毛骨悚然的深海生物。

无论一个人多么眉目清秀，偶尔还是会被拍出这样的照片。尤其脸又是人身上活动剧烈的部位，无论多漂亮的美女，也不可能在每一瞬间都是完美的，有时会拍出像老了十岁、二十岁的照片，也有些时候会拍出像胖了十公斤、二十公斤的照片。我的脸上本来就有胎记这个致命的因素，还被拍下了将这个致命因素发挥到极致的丑陋照片，所以情况更加恶劣。本来摄影师应该会事先筛选掉这种照片，恐怕是出了什么差错，不小心将它混了进去。

花样年华的少女，会根据拍得奇迹般漂亮的一张照片，来建构心目中的自我形象，而我现在就以同样的愚昧，根据公布栏上这张拍得奇迹般丑陋的照片，一瞬间改写心目中的自我形象。

原来在旁人眼里，我是这个样子啊。

我重新细看初鹿野的照片，接着朝自己的照片看去，然后自问：你觉得这两个人相配吗？你觉得自己能站在和她对等说话的立场吗？你觉得自己有资格喜欢上她吗？答案都是否定的。

我一个踉跄，仿佛地面猛地倾斜了。尽管勉强站稳了脚步，马上我又受到一股从未经历过的恶寒的侵袭。我全身剧烈发抖，无法好好呼吸。

我步履维艰地回到家中，把自己裹进被窝里，等待颤抖平息。我的心重重受挫，脆弱得无以复加。好不容易等到恶寒消退，我从被窝里爬出来，在昏暗的厨房倒了一杯水喝光，然后又立刻回到被窝里。

我把脸埋在枕头里，心想我要这样活到什么时候才行？即使这种寒气消退，作为根本问题的胎记也不会消失，我还是得像这样避开人们的目光活下去。

我祈求着谁能来帮我消掉这个胎记，但又不知道自己在对什么祈求。只要能实现这个愿望，无论是神，女巫，还是人鱼，我都无所谓。

我就是在这个时候想起废弃神社的故事的。

那是一则平凡无奇的传闻，有一次我在班上听同学提过。郊外的小山上有一间小小的废弃神社，据说只要孤身一人去到那里，在午夜零时祈求，就会有天神出现，实现祈求者的愿望——就是这么一则离谱的传闻。这则传闻不知道是从哪里传出来的，但听说在其他学校的学生之间也有内容完全一样的传闻，甚至有不少年轻的老师在小时候也听过同样的传闻。这则废弃神社的传闻内容虽然离谱，但在美渚町的孩子们之间始终有一种无法否定的神秘感。

话说回来，我都已是小学四年级的学生了，照常理来说，不太可能会真心相信废弃神社的天神会帮忙实现愿望这种痴人说梦的故事。只是我长期待在家里，导致视野变得狭隘，加上恶寒让我的脑子蒙上一层雾，又刚被打入绝望的深渊里，所以哪怕只是稻草我也想死命抓住。对这样的我来说，这则传闻像天启似的回荡在我的脑海中。

我在被窝里对这则传闻思索了许久。大约一个小时后，我从被窝里起身，把钱包塞进外套的口袋里，走出家门。这时，时钟的指针指着下午四点。

要前往废弃神社就得搭公交车，还好我本就知道要在哪个公交站上车。我记得清清楚楚，母亲带我去隔壁镇的大学附属医院时所搭的公交车，就会从这座废弃神社所在的小山旁边经过。

我在车站等了二十分钟才等来了公交车。车上只有一对老夫妇，他们在两站后下车，乘客就只剩下我一个人了。

在抵达目的地之前，我就坐在最后排的窗边，看着窗外流逝的单调的田园风光。或许是路况不好，公交车频繁晃动，令我不太舒服。司机在用小得听不见的音量独自嘀咕个不停。此时我搭上公交车应该还不到三十分钟，却觉得漫长得像是过了两三个小时。再加上不时看到一些陌生的民宅，更让我担心自己是不是搭错车了。等看到废弃神社所在的小山时，我才松了一口气，按了下车铃。

我把乘车券和车钱投进投币机，正要下车时，司机狐疑地盯着我的脸问："小弟弟，你一个人吗？"

我尽量若无其事地回答："是的，本来说好奶奶会来公交车站接我……"说着，我朝公交车站看了一眼，故意叹了一口气，"看样子她还没来，不知道是不是忘记了。"

“你一个人不要紧吗？”这名看起来大概有五十岁的男性司机担心地问道。

“不要紧，奶奶家离这里很近。”

司机看起来信了，点点头说：“是吗？路上小心哦。”

公交车开走后，我把外套的帽子压得很低，朝神社走去，没多久就看到上山入口的导览板。根据导览板上的说明，这是一坐标高只有三百米左右的小山。

上山之后，石砖路很快就到了尽头，接下来是一条只能让一个人勉强通过的沙子路。路旁的树木枝叶恣意生长，路变得很不好走，到处还有倒下的树木堵住道路。倒下的树木上除了青苔，还密密麻麻地长着陌生的红褐色蘑菇。我小心翼翼地避免碰到这些蘑菇，跨过倒下的树木。

当我好不容易来到山腰附近时，先前明明毫无下雨的迹象，现在却忽然落下一滴滴的雨点。树木的枝叶成了雨伞，雨声虽大，却几乎没有水滴落下。很快，雨越下越大，连着先前由枝叶承接住的雨水，一起往我头上淋来。

要是立刻回头就没事了，我却固执起来，心想好不容易来到这里，不想白白回去，便往山上的方向跑，但山路远比我想象中的要长。当时我误以为所谓的山路，就是从山脚到山顶的最短距离。当我来到神社入口处的鸟居时，毛料的牛角外套已经吸饱了水，变得差不多有原本的两倍重。

我用双手撬开有点卡住的门，躲进神社的正堂。刚放松地坐到地板上，我就感到一股恶寒猛烈侵袭。我把全湿的大衣脱下来扔在原地，靠到墙上抱着膝盖发抖。在这种情况下，要等到午夜零时是不可能的。可要在这么大的雨中下山，在车站等待下一班公交车的到来，无疑是一种自杀行为。

拍打屋顶的雨声中，掺杂了水滴滴落在正堂内的零星声响。四处应该都在漏水吧，从天花板漏下来的水，渐渐浸湿了整片地板，一点一滴地夺走了我的体温。在地板的冰冷与无助感的催化之下，我身体抖得更加厉害，牙齿格格作响，手脚由内至外冰冷发麻。明明是在七月，我却要被冻死了。

早知道就不该来的，我后悔地想，但已经迟了，我没有告诉任何人我要去哪里，所以不可能有人来救我。公交车司机多半认为我已经到达奶奶家，正和乐融融地吃着晚餐。如果真是这样，不知道该有多好。

过了三四个小时，不知不觉间雨声已经减弱，只有水滴不断从一片叶子滴落至另一片叶子上的余音，至于雨本身应该已经停了。正堂里一片漆黑，我连自己的手掌都看不见。

我的体力已经耗尽，一步也走不动，而且意识模糊，连自己是谁、为什么待在这里都想不太起来。唯一能够确定的，只有令人几乎冻僵的寒气与身体的颤抖。

然后，我听见了敲门声。这个敲门方式似曾相识，但我始终想不出是在何时何地听见的。过了一会儿，门被拉开，我的视野立刻被强光覆盖。我差点陷入恐慌，但一知道是有人拿着手电筒进来，安心的感觉立刻让我全身虚脱。

“你果然在这里。”

这是个女生的嗓音，而且这个嗓音我格外耳熟。我想抬头看清楚，但照向我的灯光太耀眼，让我睁不开眼睛。

她收起雨伞，甩掉雨水，走到我身前蹲下来，并把手电筒的灯光朝向地板。这么一来，我总算能看见这位来接我的人物到底长什么样子了。

“阳介同学。”初鹿野叫了我一声，“是我。”

我怀疑起自己的眼睛。为什么初鹿野会在这里？她为什么知道我在这里？不，更重要的问题是，她为什么会来找我？她不是身体不舒服，请假没去上学吗？她是一个人爬上来的？在这种深夜吗？

我已经没有力气一一问出这些问题，初鹿野看出我严重虚弱，手放到我肩膀上说：“你在这里等我，我马上去找人来帮忙。”

说着，她抓起雨伞和手电筒，想跑出正堂。

我条件反射地抓住初鹿野的手不放。我拉住她，牙齿格格作响地说：

“好冷。”

初鹿野回过头来，看着我的手迟疑了一会儿，不知道该拉开我的手去找人帮忙，还是先留在这里照顾我。

最后，初鹿野选择了后者。她丢下雨伞和手电筒，回握住我的手蹲下来。她愿意留下来让我松了一口气，当场坐倒在地。

“很冷吗？”她向我确认道。

我点点头，她就把双手绕到我背后，让自己的身体紧贴我。

“你不要动哦。”她说着，怜惜地抚摸着我的背，“会慢慢暖和起来的。”

起初，她被雨淋湿的身体让我觉得好冰冷，甚至觉得：“喂，拜托别这样，这岂不是害我更冷吗？”没过多久，这股冰冷的感觉就渐渐麻痹了，紧接着有股热流从她的皮肤内侧慢慢透了过来。我全身紧绷的肌肉被这股热流慢慢舒缓开来，受损的各种身体机能也重新开始活动。我内外都冰冷的身体花了很长的时间，逐渐找回了人类该有的温度。

“不会有事的。”初鹿野在温暖我的时候，一再重复这句话，“一定不会有事的。”

她每次说出这句话，都强烈地鼓舞了我。我像个傻瓜似的想，既然她说不会有事，那就不会有事。

就这样不知道过了多久。

突然，我察觉到我的身体已恢复正常，感受到了七月该有的气温。尽管淋湿的衣服让我觉得有点冷，但也只是这样。

初鹿野似乎感觉到我不再发抖，问道：

“你还冷吗？”

其实我已经不冷了，甚至还在流汗，但我回答“还有一点冷”，想再多感受一下她的体温。

“这样啊？要是你赶快暖和起来就好了。”

不知道初鹿野是否看穿了我的谎言，她说完这句话，摸了摸我的头。

我尽情地享受完温暖后，轻轻地从她身上移开双手。

“班长。”

我叫了她一声。

“什么事？”

“对不起。”

只是这么一句，她就明白了我想说的话。

“我没放在心上啦。”她说得很开心，“不对，说实话，我有点介意。我被阳介同学狠狠伤害了，这是千真万确的。可是，我原谅你。”

“……谢谢。”

听到我的道谢，初鹿野用双手摸了摸我的头。

“阳介同学，我之所以每天去你家找你，是希望你来上学。”

“为什么？”

“你觉得是为什么？”她微微歪着头露出微笑，“阳介同学，你听我说。你也许不知道，但我很喜欢和你说话。喜欢单方面听你说话，喜欢单方面说话给你听，也喜欢和你什么都不说，就只是待在一起。要是你不在了，我会非常寂寞的。”

她说到这里，先是停顿了一会儿，然后低下头小声说：

“所以，请你不要擅自消失……我很担心的。”

“对不起。”

我只说得出这句话。

即使走出正堂，四周光线也没什么改变。雨完全停了，云也已经散去，月亮露出脸来，但要现在走下山，还是很困难的。而且，即使下得了山，也得等到明天早上才会有公交车。最后，我们就在这间废弃神社里度过了一晚。

我到现在还清楚记得，当时初鹿野坐在我身旁，指着夜空教了我许多星星叫什么名字。当时的我，对她说的有一半都没听懂，但每当她说出那些魔法咒语般的星星名字，都感觉到我的身体被一股不可思议的力量填满。

“对了，班长不是身体不舒服，请假没去上学吗？”我问，“你会不会不舒服？”

“别担心，我说身体不舒服是骗人的。其实我是被你的话伤到了，所以很沮丧。”

“不好意思。”我道歉。

“我原谅你。”她眯起眼睛，“……然后呢，我无所事事地待在家里时，接到阳介同学的妈妈打来的电话，问：‘我家儿子有没有去府上打扰？’所以我知道你溜出家门，跑去其他地方了。”

“可是，你怎么知道我在这里？”

“你还记得在春天我们交谈时，我曾经和你提过这间废弃神社的事吗？”

我忍不住拍了一下手。

“啊，听你这么一说……”

“我一直以为你不喜欢这种超现实的话题，所以看到你对废弃神社的话题有兴趣，让我相当意外，也就留下了很深刻的印象。当我听说阳介同学不见了，忽然就想起当时的对话，然后就想到你说不定会在这里。”

“要是我没在这里，你打算怎么办？”

“我本来就打算在午夜零时，在这里祈求阳介同学打起精神来。”

初鹿野说完，起身哼着歌。那是一段忧郁又带着几分乡愁的旋律，是《人鱼之歌》。在这之前，我不曾见过她独自唱歌的模样，所以听到她如此优美的歌声，不由得说不出话来。她的歌声让我联想到井底那种极为清澈又冰冷的水。等她唱完，我为她鼓掌，她有些不好意思地笑了。

后来有很长一段时间，我们什么也不说，就这么看着夜空。等到初鹿野说“我们进去吧”，便回到正堂躺在地板上，有一句没一句地聊着无关紧要的话题，看着手电筒的灯光渐渐变弱。电池很快就用完了，室内变得一片漆黑。我们不知不觉间握着对方的手，等待早晨的来临。

从那一天起，我所处的世界有了完全不一样的意义。在这之后，由“我”和“我之外”构成的世界，变成了由“我”“初鹿野”以及“除此之外”所构成的世界。而要证明这个世界是个值得活下去的地方，只需要初鹿野一个人就足够了。

人们也许会笑说，这就是印随现象，就是刚出生的小鸟会认定最先看到的东西便是自己的父母亲那种现象。看在旁人眼里，可能会觉得我只是个被困在孩提时代记忆中的傻瓜。但不管别人怎么说，我都不在乎。我想直到我死为止，都会是这段记忆的幸福奴隶。

第十三章　那年夏天，你打来的电话

时光飞逝，不知不觉间，赌局的最后时限八月三十一日到来了。

这天从早上就下着大雨。我看着窗外，心想这不怎么样的天气状况，和我人生的最后一天还挺搭调的。根据天气预报的报道，全国都会下一整天的雨。电视上放着大城市的马路口被撑着伞的人们挤得水泄不通的画面，并播报着各地预测的雨量。

我和初鹿野放弃外出，一整天都懒洋洋地窝在和室里，不然就是在檐廊看雨，或是看看电视上的灾情报道，就这么度过了这一天。正因为是最后一天，我才觉得不必特意做什么特别的事，只要能细细品味每一样微小但确切的幸福就好。

傍晚，我正在用库房找到的唱片机听唱片时，初鹿野靠过来趴到我背上。她伸向我胸前的手上握着一把水果刀。

"桧原同学，这十天我真的很开心。"她说，"简直像做了一场梦。晚上关上灯躺进被窝时，我多次想过这会不会是自杀未遂而昏迷不醒的我在病床上做的梦。我满心不安，担心下次醒来时发现自己一个人孤零零地待在病房里……可是到了早上，醒过来拉开纸门一看，桧原同学一定会在门后，让我每次都知道'原来这不是做梦'，我就会好开心、好开心。光是这件事，就能让我哭出来。"

初鹿野说到这里停顿了一下。

"……所以，求求你。"

初鹿野用撒娇的声音说完，想把水果刀塞到我手里。

我默默地拒绝，初鹿野就噘起嘴说：

“你好坏。”

我从她手上抢走水果刀，放回到厨房里。再回到库房时，跪坐在地板上的初鹿野抬头看着我问道：“你是讨厌出血吗？”

“谁知道呢？”我避而不答。

“我不介意被勒死哦。”

“我会考虑的。”

“因为如果是这样，直到最后都可以感受到桧原同学的体温。”

“这几天你早该感受够了吧？”

“根本不够。而且，这不是量的问题。”

“你好贪心啊。”

“对啊。你现在才发现？”

说着说着，初鹿野就笑了。

我就是在这个时候，注意到泪痣从她的眼角消失了。我靠近她，仔细端详她的脸孔，确定是不是我看错了。

泪痣果然不是真的。初鹿野是在用小学时想出来的求救信号，一直向我求救。

“怎么了？”初鹿野眨着眼睛问。

我答不出来，隔了几次呼吸的空当后，假装没事地说：“没什么，只是错觉。”现在的我是桧原裕也，要是知道泪痣的事情就说不过去了。这件事属于深町阳介的管辖范围，而他再也不会出现在初鹿野面前。

我们近距离地面对面，初鹿野有所期待似的轻轻闭上眼睛。我拨开她的刘海，手指在她额头上轻轻一弹。她睁开眼睛，不满地别开脸。她的反应简直像个小孩子，让我忍不住笑了。

吃完晚餐后，我们看看外头，发现雨变小了。跟坐在摇椅上看晚报的芳江婆婆说了一声，我们走出了家门。

我正要从伞架上抽出雨伞，初鹿野按住我的手，摇了摇头。她的意思是两人撑一把伞就够了。

我们肩并肩共撑一把伞，一口气走到离家大约有二十分钟路程的海岸边。等到看得见灯塔的灯光时，雨已经停了。我们在淋湿的堤防边缘坐下，倾听微微的海浪声。

“桧原同学。”她叫了我一声，“老实说，有一件事我必须要向你道歉。”

“这话怎么说？”

她先慢慢深呼吸一口气，然后回答：

“昨天晚上，我看完了日记。”

我茫然地看着她的脸。

“……为什么要做这种事？你不是决定不想起往事了吗？”

“对不起。”

初鹿野低下头，双手用力握住裙摆。

“那么，上面写了什么？”我问。

对于要怎么回答这个问题，初鹿野犹豫了许久。

我也不催她，耐心等待她主动开口。

然后，她终于开口。

“桧原同学，我现在虽然喜欢你喜欢得不得了，但失去记忆之前的我，似乎不是这样的。至少直到我跳海失去记忆的那一瞬间为止，初鹿野唯喜欢的应该是深町阳介。”

这句话让我的世界天旋地转。

我目瞪口呆，张开的嘴合不拢了。

她继续说道：“照日记上的说法，我在七月中旬也曾一度试图自杀。我是在高中旁边的神社公园里上吊自杀的，当时救了我的就是阳介同学。”

然后，初鹿野指着自己眼角问我说：

“我的泪痣是假的，你是不是早就注意到了？”

我默默点头。

“这个泪痣啊，是只有初鹿野唯和深町阳介两个人才明白的暗号，应该说是一种求救信号吧。我们说好要是遇到什么难过的事，又很难直接呼救时，就在眼角点一颗泪痣向对方求救。”

她把手放在眼角上，像要表达眼泪滑落的模样，指尖在脸颊上滑过。

“上了不同的初中后，我和他疏远起来。每当我希望有人来帮我的时候，还是会在眼角点上泪痣，把它当成是一种幸运魔咒。这个习惯在我失去记忆之后也还持续着，连我自己都不知道为什么要做这种事。每天洗完澡或洗脸之后，都会用笔在眼角点上泪痣……

所以，等我升上高中，翻看班级名册，在上面看到深町阳介这个名字时，高兴得简直要升天，心想‘啊，阳介同学真的来救我了’。”

“可是，”我打断她，“那个时候深町说他貌似被你讨厌了？”

“嗯。虽然不是讨厌他，但我想和他保持距离，这是事实。”初鹿野说，“因为发生了那种事情之后，我实在没有脸见他。而且，我希望阳介同学只记得小学时代的我，不希望他看到我现在这种不堪的模样，盖掉和他共度过的那段日子里所留下的回忆……不知道是幸还是不幸，阳介同学在春假时发生了意外，晚了三个月入学。这段时间里，我就不用让他看到我。”

她瞥了我一眼，仿佛想要看清楚我的反应，然后立刻看向前方。

“几个月后，当我和阳介同学重逢时，我真的吓了一跳。他右脸上的整块胎记已经消失得无影无踪。看到这样的他，我心想：‘我不想变成他的枷锁啊。’要是知道我的惨状，阳介同学那么重情义，一定会不惜一切代价帮助我。可是，阳介同学的胎记好不容易消失，终于能够摆脱偏见了，我不想打扰他的人生。所以，我忍着不去回握他伸出来的手，一直拒绝他。”

“……你说的这些，要是深町知道，我想他会很高兴。”我说。

初鹿野露出满面微笑。

“不管我怎么保持距离，阳介同学就是缠着我不放，还明白说出对我的好感。每次我都冷漠地拒绝他，可是坦白说，我开心得连自己都莫名其妙。一想到他还这么念着我，就让我幸福得晕乎乎的。可是，接受阳介同学的好意，就如同在欺骗他，让我裹足不前。而且我觉得现在的阳介同学，应该找得到比我更配得上他的女生。”

“可是，最终你们变成了会一起去看星星的好朋友。”

“我的意志力真是薄弱呢。”初鹿野自嘲地说，“到头来，我还是输给诱惑，每天晚上都和阳介同学一起去看星星。我在心中对自己辩解说‘我就快要自杀了，最后让我做个美梦有什么关系’。”

“后来，你认识了我和千草。”

“嗯……老实说，起初我觉得我和阳介同学独处的时间被打扰了，很不喜欢这样。可是，实际接触以后，我就发现无论是桧原同学还是千草同学，人都非常好，我很快就喜欢上你们了。千草同学似乎对阳介同学有意思，所以我每次看到他们俩，都觉得一颗心七上八下的，只是我不会表现在态度上。千草同学漂亮得完美无缺，个性又那么直率，所以我一直觉得阳介同学迟早会被她抢走。”

初鹿野望着夜空，叹了一口气。

“说来很奇怪吧？前不久我还那么拼命要疏远阳介同学，但一看到他快要被人抢走，就懊恼得不得了。我明明站在必须要支持他们的立场上……可是话说回来，除掉这一点不算，我们四个人一起度过的那段日子，真的是非常美好。你们都能拿出一种令人自在的距离感，就好像是别过脸不看我，却又靠过来握住我的手，让我能够安心地放松下来。”

“……如果是这样，你为什么非得跳海自杀不可？”

她低下头，露出为难的笑容：“我没有办法原谅享受人生的自己。我觉得我对那两人见死不救，却像常人一样尽情享受青春，这样是不对的。可是，我越来越期望得到幸福。我恳切期盼能把阳介同学从千草同学的手中抢回来，这样的自己让我厌恶到极点，所以就跳海自杀了。”

要说的话到这里似乎就说完了，初鹿野仔细地看着我的脸，等着看我对她说的这一连串事情有何反应。

我整理完脑子里的想法后，问她：

“你现在仍然喜欢深町吗？”

“嗯。”她毫不犹豫地点头，“我现在仍然喜欢阳介同学。虽然我失去了记忆，可是重看日记，就觉得‘啊，我好喜欢这个人’……可是，那种‘喜欢’是对家人或兄弟姐妹会有的那种好感的延伸，和我对桧原同学的‘喜欢’是不一样的。我这辈子第一次真正坠入情网，是在来探望我的桧原同学抱住我的那一瞬间。”

初鹿野说完，往我身上靠过来抱住我。

连我自己都不知道该抱着怎样的感情才好。

在某种意义上，我先前的所作所为全部都错得离谱。

在某种意义上，我先前的所作所为没有一个错误。

大概就是这么回事吧。

*

可是，事情并未就此结束。

这天晚上，我遇见了女巫。

*

我醒来后最先做的，是确认现在几点了。看来我在不知不觉间睡着了，而初鹿野正靠在我的肩上睡得安详。手表显示现在是夜晚十一点五十六分。

再过不到五分钟，赌局的期限就要到了，我却镇定得连自己都觉得不可思议。我想多半是在这十天之内，我把一辈子的幸福几乎都享受完了，所以才不觉得着急吧。虽然不能说已经没有任何遗憾，但若指望更多就是奢望了。以我的人生来说，已经可以算是做得非常好了。

初鹿野睡着是不幸中的大幸。只要我在她醒来之前消失，她就不必亲身体验那一瞬间。如果我能在初鹿野的不知不觉间悄悄死去，就像死前会从饲主眼前消失的猫一样，那就太好了。

我注视着手表秒针的走动，红色的秒针一秒一秒地、毫不留情地把今天往明天推。我觉得再看下去，我会忍不住就这么一直瞪着手表，所以脱下它往海里一扔。然后，我小心翼翼地不弄醒初鹿野，把她挪到地板上躺好，压低脚步声走去堤防那边。

时间缓缓流动。不到五分钟的时间，我却觉得像过了十分钟、二十分钟那么久。据说人在面临死亡时，大脑的活动会加快，一辈子的经历就像走马灯似的在脑海中显现。因此，我以为现在就发生了类似的现象。

即使真的会发生这种现象，这四分钟还是太长了。随着剩下的时间变少，每一秒的密度似乎在不断增加，又或是每经过一秒，感觉明天又稍微跑得远了一点。我甚至觉得，自己会不会就这样永远也到不了明天，如同永远追不上乌龟的阿基里斯（**注：古希腊数学家芝诺提出的阿基里斯追乌龟的悖论。每当追赶者移动到被追者所在的位置时，被追赶者又已经移动一段距离，所以永远不会被追上**）。

这时，我的背后传来脚步声。

我以为是初鹿野醒了，但转过身去看到站在那儿的人物，我不由得屏住了呼吸。

意外的是，面对这突然揭晓的事实，我心中几乎没有起波澜。不，岂止没有波澜，说来令人难以相信，但从自己的反应看，我似乎从一开始就知道她会出现在这里，一直在耐心等待这一瞬间的来临。

说不定，我从很久以前就已经无意识地考虑过这个可能性了。

一阵夜风吹过，吹动她胸前美渚第一高中的校服领结。

"好久不见，深町同学。"千草说。

"是啊，好久不见，荻上。"我举起手回答。

千草在堤防边坐下，由下往上注视着我。

"可以跟你要一根烟吗？"

我从口袋里拿出烟，取出最后一根交给千草。她叼到嘴上后，我把打火机举到她面前。大概是弄湿的香烟抽起来太苦，千草连连咳嗽，皱起眉头。

“滋味果然不好。”

我站到千草身旁，上上下下重新打量她。错不了，这是我知道的荻上千草，无论嗓音、身体、气味还是举止，一切都和我记忆中的一致。

可是，她就是那个邀我参加赌局的电话中的女子。

“说话别太大声。”我说，“我不想吵醒初鹿野。”

“不用担心，她在天亮前不会醒来。”千草自信地说道。

“你对初鹿野做了什么？”

“这个嘛，你猜？”千草避而不答地笑了，“话说回来，深町同学看到我却一点也不吃惊呢。你好厉害。”

我先确定了初鹿野睡得很香甜，才对千草说：

“美渚小姐已经找了别人代替。”

“是啊，我知道。”她点点头，“是个什么样的人？”

“我只看过照片，是个美女。”

“嗯？”

“可是，我个人比较喜欢上一个人选。”

“是吗？太棒了。”千草举起双手欢呼。

我再一次回头，确认初鹿野有没有醒来。

然后，我切入正题。

“只有一件事，我不明白。”

“只有一件吗？什么事？”

“真正的荻上千草怎么了？不，真的有个叫作‘荻上千草’的女生存在吗？”

“你尽管放心。”千草仿佛早料到我会这么问，立刻回答，“深町同学在医院认识的那位真正的荻上千草，在你出院两个月后平安出院了，现在在一个遥远的城市里过得很好……你的想法没错，你在高中重逢的荻上千草，只不过是我扮演的虚构人物，从一开始就没有这么一个女生存在。”

“……原来如此，这样我就放心了。”我深深点头，“好，要把我变成泡沫还是让我溺死都行，尽管动手吧。”

“请不要催我，我们好不容易才像这样又见面了。”

我耸了耸肩膀。即使谜底已经揭晓，我仍然难以相信眼前的千草，和电话中那个女子是同一人。嗓音不一样当然也是原因之一，但不只有这一个原因。对我来说，荻上千草是无邪与无害的象征，相对的，电话中的女子则是邪恶与危害的象征。尽管脑子里知道是这么回事，但我无论如何都没办法把两者联系在一起。

“深町同学是从什么时候开始觉得我可疑呢？”千草问。

“不知道。”我摇摇头，“只是，陪你练习朗读的确是个契机。”

“我获选为美渚小姐，真的是个巧合哦。”千草觉得好笑似的说，“你不觉得很讽刺吗？哪个人不好，偏偏找我去扮演人鱼。”

“是啊，的确讽刺。”我表示赞同，“荻上，我可以顺便再问一个问题吗？”

“你还愿意用这个名字叫我啊？”千草开心地眯起眼睛，“什么问题？”

“你之所以这样千方百计让我遇到各种没天理的事，应该不是只想找我麻烦，而是有更深的理由吧？”

“是啊，就是这样。”

她缓缓点头。

“我这次说什么也要让《人鱼公主》有个幸福的结局。”

“……原来如此。”我口中溢出干涩的笑声，“可是，你这个尝试好像失败了。”

千草听了，微微歪头问：“……这话怎么说？”

“也就是说，到头来结局并不幸福。”

在一段长得不自然的沉默后，千草突然双手掩嘴笑了出来。

“深町同学看似敏锐，在关键之处却意外迟钝呢。”

“有什么好笑的？”我不高兴地问。

千草深呼吸调整好气息，用手擦了擦因为笑得太用力而泛出的泪水。

我无法理解千草的话是什么意思。

她挺直腰杆，以郑重的态度宣告：

“深町同学，恭喜你，这场赌局是你赢了。”

*

之前也解释过，“吾子滨的人鱼传说”是由福井县的“八百比丘尼传说”，与汉斯·克里斯汀·安徒生创作的童话《人鱼公主》混杂而成的故事。

一名生活在吾子滨一个小渔村里的少女，在不知情的情况下，吃了当渔夫的父亲捕到的人鱼肉，不知不觉间成了长生不老之身。故事就从这里开始。

那是很久很久以前的故事了。

少女吃下人鱼肉后的头几年，没有人发现她身上的改变。在她这样的年纪，身体停止成长是一件很普遍的事，连少女都未曾想过自己已经长生不老。

过了十年，每个人都开始对少女的特殊体质瞠目结舌。和同年代的女子相比，她的样貌未免太过青春洋溢，雪白的肌肤与亮丽的头发，简直像是十五六岁的少女。还不只是这样，自从吃了人鱼肉，少女就散发出一种无以言喻又不可思议的女人味，甚至像发出了一种淡淡的光芒。村里的年轻男子当然都迷上她。

然而几十年过去，看到同年代的人都开始有了明显的白发，少女仍然毫无年老的迹象，村民们终于发觉事情不对劲了。再怎么解释，这名少女也太缺乏变化了。到了这个地步，已经不是“青春”两个字可以说得通的。那个女人真的是人类吗？

又过去了几十年。到了这个时候，少女认识的人大多已经过世。经过这么长的岁月，她的身体仍无年老的迹象。少女见证了多得数不清的人死去，每次都消磨着她的心。等最后一个认识的人也死去，少女决定离开她土生土长的村子。

长生不老的少女成为比丘尼，为了寻求死亡而踏遍全国。她在漫长的旅途中不知不觉间获得了法力，便云游四方，运用法力来治疗病人或帮助贫困的人。但无论经过多久，她就是找不到能摆脱永生的线索。漫长得令人头昏眼花的岁月过去，渐渐地她连自己的名字都想不起来了。就在她连自己踏上旅途的理由都忘记的时候，少女意外地回到了故乡的村子。

到这里为止,“吾子滨的人鱼传说”和“八百比丘尼传说”之间并没有明显的差异。严格来说,“八百比丘尼传说”还流传到福井县以外的地方，有些地方将主角改成富翁的女儿，又或者人鱼肉是神秘男子给的。但变得长生不老的少女成为比丘尼云游四方，最后回到故乡，这个部分都是一样的。

“八百比丘尼传说”写到少女的圆寂而落幕。而“吾子滨的人鱼传说”反倒是接下来的部分才是故事的主轴。少女过了几百年后回到渔村，对于这种只是不断见证别人死去的人生疲倦了，决定与人类断绝来往，在海中活下去。不过，她一看到有人遇难，就会忍不住伸出援手，把漂流的船送回岸上，又或是拯救溺水的人。过不了多久，她就被村里的人当成海神祭祀。

某天晚上，少女救了一名遇到暴风雨而溺水的年轻渔夫。尽管已快要失去意识，渔夫仍坚持对少女道谢，用力握住她的手。这件事成了契机，让少女爱上了这名小她几百岁的渔夫。每当他出海捕鱼，她就会满心雀跃，彻底成了一名十六岁的少女。

几年之后的某一天，一名年轻的人鱼少女来到少女面前。人鱼说自己之所以来找她，是想借助少女的法力。一问之下，原来人鱼爱上一名人类男子，想要变成人类和这名男子一起生活，为此她不惜付出任何代价。少女在人鱼身上看见了对年轻渔夫坠入情网的自己，因而同情起对方，把人鱼的尾鳍变成人类的双脚，殊不知人鱼爱上的男子，和少女所爱上的渔夫竟是同一个人。

人鱼离开之际说："我到底在想什么，偏偏爱上了渔夫？也不想想我的母亲就是被渔夫杀死的。"听她这么说，少女心想，说不定人鱼所谓的"被渔夫杀死的母亲"，就是自己父亲捕到的人鱼？会不会当时自己所吃的，就是人鱼母亲的肉呢？

当少女知道人鱼口中的心上人就是那位年轻的渔夫，少女反悔了，但她不能去阻挠人鱼的恋情。她认为自己吃了人鱼母亲的肉，有义务为人鱼的幸福尽一分力，这是最起码的赎罪。

于是，年轻的渔夫和人鱼结为连理。两人过着幸福的日子，看似没有任何能让不幸见缝插针的余地。然而，造化就是如此捉弄人。有一天，人鱼再也压抑不住想让丈夫知道自己一切的渴望，坦白告诉渔夫自己本来不是人类，而是人鱼。

这件事成了悲剧的开端。渔夫年幼时因为暴风雨而失去双亲，当时村子里的人，都相信暴风雨是《人鱼之歌》引发的，因此，他一直把人鱼当成害死双亲的仇人，对人鱼有着很深的仇恨。

当渔夫知道自己的妻子是人鱼，他对一切感到绝望，跳进惊涛骇浪的海中。虽然人鱼跳进海里想救他，但失去尾鳍的人鱼，已经没有能力抱着一名男子游泳。等长生不老的少女赶到，两人早已溺死。少女悲叹不已，从此以后，就独自在海底静静地活着。

这就是“吾子滨的人鱼传说”的主要内容。

不过千草还补充了一段：

“然后几百年过去，少女去到阔别已久的岸边看看，结果救了一名差点溺水的少年。这名少年感觉和当年那名年轻的渔夫有几分相似。也不知道少年是怎么想的，后来他每天都会来到海边，于是少女渐渐挂念起这个少年。少年爱上了一个女生，但似乎认为自己配不上她，所以把这份心意藏在心里。少女心想，自己要帮助他，而且这次一定要成功，不会再犯当年的错误。她要让这名少年的恋情，以最棒的方式开花结果。”

*

“是我赢了？”

我回问，千草点点头说：

“是啊，你赢了。你克服了种种逆境，和初鹿野同学两情相悦，只是你自己似乎没注意到。”

“这话怎么说？”我不由得扬声问道，“这怎么可能？要知道初鹿野她……”

千草打断我的话，说：“初鹿野同学不像你想的那么迟钝。你其实是冒用了桧原裕也名义的深町阳介这件事，她早就看穿了。”

我哑口无言，说不出话来。

“刚才那段很长的话，是初鹿野同学兜了一个大圈子对你的告白。她想告诉眼前的你她从过去就一直喜欢你，现在更喜欢你了。”千草耸了耸肩，“你连这件事都没有发现吗？”

我双脚一软，当场瘫坐下来。看到我这种反应，千草嘻嘻笑了几声。

“对她而言，很多时候假装被骗会比较好办。若要她开门见山地表明对深町同学的好感，她会感到迟疑。如果是面对‘深町阳介扮演的桧原裕也’，她就可以不用顾虑太多，好好地把自己的心意告诉你。”

这几天与初鹿野的对话在我的脑海中闪现。

那个时候，那个时候，还有那个时候都是。

原来初鹿野早就发现了我是谁，还接受了我的好意。

我躺下来，一只手遮住脸，说道：“我真像个傻瓜似的。”

“是啊，像个傻瓜。”千草表示赞同。

“也就是说，这一切从一开始就是为我安排的？”

“就是这么回事。”

我拿开手问：

“就算是这样，你为什么要用那么拐弯抹角的方法？如果只是想让我的恋情开花结果，既不用去掉我脸上的胎记，也没有必要扮演成荻上千草出现在我眼前吧？”

“我是希望你们能够经历过各种困难。我之所以消除胎记这个用来博得初鹿野同学共鸣的最佳利器，之所以借用荻上千草的模样来撼动你的心，之所以制造出除了杀死初鹿野以外别无他法可以活命的状况，都是希望证明你们两人能够克服各种困难。”

“……原来如此。”我说，“说到这个，你寄来的信上写了‘让两个人都能活命的方法’，那也是圈套吗？”

“是的。初鹿野同学之所以能看穿你的真实身份，是因为你一直陪在她身边。如果你照信上的话做，选择去找出‘电话中的女子’，你们共处的时间就会变得很少。如此一来，初鹿野同学就不可能在今天之前看穿深町同学的真实身份。”

我正要接受这个答案，突然又产生了新的疑问。

“可是，你有一次特地接通了我和初鹿野之间的电话，给了我和她好好说话的机会，对吧？那是在做什么？只是心血来潮吗？”

千草露出为难的表情挠了挠脸颊。

“那完全超出了我的预料，我做梦也没想到你会想烫伤自己的脸，明明做出那种事没有任何意义。你的行为实在太离谱，让我傻眼了，但同时我又有点佩服，心想原来你为了初鹿野能做到这种地步啊。我是看在你这股鲁莽的勇气上，才决定让你和初鹿野同学讲十分钟的电话……对了，有烟灰缸吗？”

“我没带，你用这个吧。”

我递出空的香烟纸盒，她嘴角一扬，把烟蒂放到自己手掌上举到我眼前。下一瞬间，烟蒂化为白色的山茶花。相信这和我的魔术表演不一样，没有什么可以揭露的手法。她把花交给我，露出得意的表情。我把白色山茶花举到鼻子前，闻到一股淡淡的甜香。

“桧原还真有点可怜。”我看着花说道，“他似乎挺中意荻上的。”

“是这样吗？”千草双手一拍，睁大眼睛，“你不用担心，等天亮了，这世上就再也不会有人记得我。”

“我也不例外吗？”

“是啊，高兴吧？”

我不想回答这个问题。因为我觉得无论老实回答或是说谎，我都会后悔。

“我一直在骗你啊。”千草平静地说，“我一直盘算着怎么做能让深町同学动心，一边在内心暗自窃笑，一边扮演虚构的‘荻上千草’。你可以对我更加生气的。”

“……也许是这样。”我从白色山茶花上移开视线，站起来转身面向千草，“可是，就算是这样，我还是喜欢和荻上一起度过的时光。而且我想，荻上也不讨厌和我一起度过的时光，不是吗？”

“……你还真会戳人痛处。”

千草把额头往我胸口一撞，用压抑情绪的声音说道：

“深町同学果然是个坏人。”

“彼此彼此。”我回答。

千草抬起头来，悲伤地笑了。她说：“起初我接近深町同学，只是想试探你。可是，等我扮演了荻上千草半个月左右，就注意到自己由衷地享受着这出戏。我被自己创造出来的虚拟人格给吞没了。我演得太过投入，有时甚至曾经忘记了自己是谁。和深町同学在一起的时候，我就能把以前的事情忘得一干二净，只当‘荻上千草’……不过没关系，反正我不是第一次失恋，不会这样就受伤了。”

她离开我的怀里，背对着堤防的边缘，慢慢仰头望向夜空，然后郑重面向我。

“最后，我就把戏法说给你听吧。深町同学脸上被我消掉的那块胎记，老实说，从一开始就算放任不管也会自然消失的。我只是把消失的时间提前了一点点，等于是什么都没做。”

我想了一会儿，摇摇头说：“重要的就是这‘一点点’。要是我和初鹿野重逢时脸上还留着胎记，我想我和她之间的关系一定会变得更为互相依赖，更加没有未来。所以，谢谢你。”

“不客气。”千草眯起眼睛，“……倒是深町同学，即使我消失了，也请你不要松懈下来哦，因为你还剩下最后一件工作没有做完。”

“最后一件工作？”

千草小声说了一句话，我想听清楚，就把耳朵往她面前凑去。千草就踮起脚尖，嘴唇在我右脸颊上轻轻一印。

千草看到我吓一跳，便心满意足地笑了，紧接着从堤防边缘跳下去。我条件反射地想抓住她的手，但是来不及了。下一瞬间，我看见她在海面上着地——不是掉到水里，而是着地，仿佛水面下一厘米处有一块透明的地板。她静静地走在海面上，我呆呆地站在原地，目送她的背影离开。

她走了十米左右时，回过头对我说：

“再见了，深町同学。我第一次度过了这么开心的夏天。我唯一的挂念也消失了，这下子终于能够跟自己做个了断了。”

紧接着，一阵强得令我睁不开眼睛的强风吹来。

当强风平息时，我再度睁开眼睛，发现千草已经消失得无影无踪了。

*

水平线被染成了橘色。和天空的深蓝色交汇的地方，看得见有淡淡的黄绿色。早晨的暮蝉与麻雀开始鸣叫，事物的轮廓鲜明了起来。反射着朝阳而闪闪发光的海面上，从太阳那儿延伸出一条白色光带，与水平线垂直，描绘出一条分界线。地表热了起来，从而产生了晨间无风的现象，皮肤感受已久的风就此停歇。

初鹿野睁开眼睛。睡在我膝上的她，一看到我就开心地露出微笑，说道："太好了，你还在。"紧接着她坐起上半身，像要确定我真的还在似的紧紧抱住我，并用脸颊磨蹭我的脸颊。

"我说啊，初鹿野。看样子，我还不用死。"

"……真的吗？"

"真的，我以后也可以继续待在这里。"

"到什么时候？"

"到什么时候都行。"

"一直都在？"

"对，一直都在。"

"不是骗我？"

"对，我不会再对你说谎了。所以，你也不用再假装被我欺骗了。"

几秒的沉默过后，我感觉到怀里的她体温急速上升。

“阳介同学？”初鹿野战战兢兢地问。

“没错。”我点点头，“我不再是桧原了。”

初鹿野抬起头，从近处看着我的眼睛。

“欢迎回来，阳介同学。”

“嗯，我回来了。”

初鹿野的双手仍然绕在我背后。她露出难为情的笑容，闭上了眼睛。

我执行了千草教我的“最后一件工作”。

终章

我十六岁的暑假就这么结束了。进入九月以后，前不久的炎热仿佛不曾存在过一般，天气迅速变凉，美渚町转眼间就迎来了秋天。

初鹿野重新回到了美渚第一高中，和小学一样跟我一起上下学。她记忆丧失的状况还得花上不少时间才会好，但她对这种一切都显得新鲜的状况乐在其中。有时候她会差点把我叫成“桧原同学”，然后显得很过意不去。

初鹿野不再点泪痣了。相对的，有时她遇到一些开心的事，会用笔在脸颊上点痣。

“这是什么痣啊？”我问。

“是笑痣。”她回答，“我真的很开心，想让阳介同学也知道的时候，就会发出这个信号。”

“原来如此。”

我从她手上接过笔，在自己脸颊上也点了一颗一样的痣。

初鹿野多半得花上很长的时间才能融入一年三班，但她并不着急，小心翼翼地观察每一样事物，谨慎判断着这些事物对自己这个人意味着什么，然后才选择如何行动。

最近同班的永洞会时不时来招惹初鹿野。尽管已经忘了千草，但他的内心深处似乎仍因千草的不在而感到寂寞。每次他来攀谈，初鹿野都会露出为难的表情向我求救，但她并不讨厌永洞。有一次，她在永洞不在场的时候说：“和他说话很累，但他这个人很不错。”

我也基本同意这个说法。

根据我在暑假结束前的调查，荻上千草这个名字已经从美渚第一高中的所有记录中消失，就好像这名学生从一开始就不存在于这间学校一样。班上的同学也没有一个人记得千草。我问过初鹿野，同样的现象也发生在她的日记里。与千草有关的记载一律消失，日记被改写成即使少了她也依然成立的内容。几天后，我独自拜访千草家，但以前千草家所在的地方，已经变成了一片长满杂草的空地。

后来我以各种各样的方式继续进行调查，但目前似乎只有我一个人还记得就读美渚一高的荻上千草。相信她之所以只留下我一个人的记忆，应该是有某种意图。但无论她的目的是什么，我都感到高兴。

对了，前阵子我看见初鹿野和绫姐一起出门。她们两人的表情都有些僵硬，但姐妹之间的感情似乎还算好。我去初鹿野家时，穿着睡衣的绫姐会时不时来和我打招呼。她很想知道我和初鹿野之间的关系进展，但都被我含糊带过了。我反问起她与雅史哥之间的感情有何进展，看来雅史哥仍停留在帮绫姐的跑腿的立场上。

“他人是不坏啦。”绫姐说，“就是搞不清楚他到底有几分是认真的，让我也不知道该怎么反应。”

我心想，下次遇见雅史哥，就不着痕迹地把绫姐的不满透露给他吧。

最近我和桧原两个人出去玩的次数变多了。我们不像初中时那样使坏，而是去棒球击球场赌饮料对决，或是跑去隔壁镇上的保龄球场预测别人比赛的胜负，两人挥霍着十分无意义的时间。

十月中旬，我去查看了真正的荻上千草现在过得怎么样。她和电话中那名女子所扮演的千草，在外表与个性上都有着微妙的差异。无论是好是坏，她都成了同年龄层当中随处可见的女生。我和她聊了约一个小时便道别，此后再也没有联系。不过当时碰巧跟我一起去的桧原似乎对她产生了兴趣，听说他们两人后来一直有联系。我心想，这世上还真是有些不可思议的缘分。

直到现在，我和初鹿野仍会时不时邀请桧原一起去观测天文。多亏与千草有关的记忆消失了，桧原对初鹿野的敌意似乎也消失了。鳟川旅馆废墟前不久决定要拆除，让我们很难溜进去，所以我们为了寻找更好的天文观测地点，最近常在夜晚的镇上四处游荡。

直到现在，每当路过公共电话时，我还是会下意识地提起戒心，担心会不会又像那一晚一样，突然听到铃声响起，然后有个神秘女子说中我心中的秘密，找我参加赌局。假使她又打电话来，我想我也不会参加。虽然我有可能会因为想再听听她的声音，忍不住接起她的电话。

最后，还有一件事。

最近，宿村先生的妹妹联系了我。她是之前在防风林寻找幽灵的那个女生。

我一接起电话，她就以连电话这一头的我都感受得出来的兴奋劲儿说道：

“大哥，我找到幽灵了。”

我问她到底是怎么回事，她只说“不告诉你”就挂断了电话。

我打算最近去找她问问。

后记

最近我就“Summer Complex”（夏日情结）这个新造的词写了一篇短文，结果得到惊人的反响。这个世界上有一群人觉得“我自己从未度过‘正确的夏天’”，每次看到满怀夏日气息的事物，便会深刻感受到自己的夏天与“正确的夏天”之间有落差，因而觉得忧郁——为了叙述方便，我将这种心态命名为“夏日情结”。当时，我不经意用到了“正确的夏天”这个词汇，尽管乍看之下难以理解，却紧紧地抓住了部分读者的心。我想，正因为我说的不是“正确的春天”也不是“正确的秋天”，而是“正确的夏天”，才能得到多数人的赞同。

正确的夏天。明明不曾有人教过我们，却充满了某种怀念之情的夏日原风景，像前世的记忆一样明确存在于我们的脑海中。这种憧憬越是明确，又或者对于这种憧憬越是充满了自觉，以及这种憧憬与自己所经历过的夏天之间的落差越大，夏日情结就会越严重。而且，无论多么努力追求，到头来“正确的夏天”也只存在于脑海中。说白了，“正确的夏天”这种概念的真正身份，其实是过往人生中感受到的无数“如果是这样就好了”的集合体。试图重现“正确的夏天”这件事，本身就是一场从一开始就注定会输的赌局。如果要举例，就像是和只在梦中见得到的女生谈恋爱一样。为了不存在于现实当中的正确而苦恼的确奇妙，但无论这样的憧憬有多么离谱，只要动过“说不定这个世界上，真的存在曾经度过这种夏天的人”这个念头，哪怕只有那么一次，在那一瞬间，这种憧憬就会获得和现实同等的分量。

我心中也存在“正确的夏天”，从十四岁开始就一直扰乱我的心思。我现在之所以会写起夏天的故事，也许是一种挣扎，希望至少能在“故事”这样的框架当中，以完美的形式重现“正确的夏天”。一旦能为自己的心情安上适切的名称，就能让自己轻松一点。我认为，我就是想通过适切的言语来讲述夏天，借此缓和一下这种沉重的压力。

三秋 缒

原作名：《僕が電話をかけていた場所》，作者：三秋 縋，绘者：usi，原版设计：BEE-PEE
BOKU GA DENWA WO KAKETEITA BASHO

著作版权合同登记号：01-2019-4501

图书在版编目（CIP）数据

那年夏天，我拨去的电话 / (日) 三秋縋著 ; (日) usi绘 ; 邱钟仁译. -- 北京 : 新星出版社, 2019.12（2025.5重印）
ISBN 978-7-5133-3853-0
Ⅰ. ①那… Ⅱ. ①三… ②u… ③邱… Ⅲ. ①长篇小说—日本—现代 Ⅳ. ①I313.45
中国版本图书馆CIP数据核字（2019）第244694号

本书为引进版图书，为最大限度保留原作特色，尊重作者写作习惯，酌情保留了部分外来词汇。特此说明。

那年夏天，我拨去的电话

［日］三秋 縋 著；［日］usi 绘；邱钟仁 译

责任编辑：汪 欣
特约编辑：易林子
责任印制：李珊珊
装帧设计：杨 玮

出版发行：新星出版社
出 版 人：马汝军
社　　址：北京市西城区车公庄大街丙 3 号楼　100044
网　　址：www.newstarpress.com
电　　话：010-88310888
传　　真：010-65270449
法律顾问：北京市岳成律师事务所

读者服务：010-88310811　service@newstarpress.com
邮购地址：北京市西城区车公庄大街丙 3 号楼　100044

印　　刷：中华商务联合印刷（广东）有限公司
开　　本：890mm × 1240mm 1/32
印　　张：6.3125
字　　数：126千字
版　　次：2019年 12 月第一版　2025年 5 月第六次印刷
书　　号：ISBN 978-7-5133-3853-0
定　　价：36.00元